RED. :

16

MIRE ISO N° 1
NF Z 43-007
AFNOR
Cedex 7 - 92080 PARIS-LA-DÉFENSE

phicom
3798970

ŒUVRES

DE

Lucien-Élie

LELION-DAMIENS

Né à Rouen le 19 octobre 1815

Mort à Paris le 24 mars 1878

> Je ne voulus point vivre de ma plume ;
> je voulus un vrai métier ; je pris celui que
> mes études me facilitaient, l'enseignement.
> Je pensai dès lors comme Rousseau que la
> littérature doit être la chose réservée, le
> beau luxe de la vie, la fleur intérieure de
> l'âme.
>
> J. MICHELET (*le Peuple*).

LES FRANCS PROPOS

DE

JACQUES BONHOMME

Prix : 2 francs

PARIS

LIBRAIRIE CRETTÉ

PASSAGE VÉRO-DODAT

—

1885

ŒUVRES

DE

Lucien-Élie

LELION-DAMIENS

Né à Rouen le 19 octobre 1815

Mort à Paris le 24 mars 1878

> Je ne voulus point vivre de ma plume ;
> je voulus un vrai métier ; je pris celui que
> mes études me facilitaient, l'enseignement.
> Je pensai dès lors comme Rousseau que la
> littérature doit être la chose réservée, le
> beau luxe de la vie, la fleur intérieure de
> l'âme.
>
> J. MICHELET (*le Peuple*).

LES FRANCS PROPOS

DE

JACQUES BONHOMME

Prix : 2 francs

PARIS

LIBRAIRIE CRETTÉ

PASSAGE VÉRO-DODAT

—

1885

ENVOI

Cette publication est l'accomplissement d'un devoir
filial.

Elle s'adresse surtout à ceux-là parmi lesquels l'auteur souhaitait d'être compté, « aux honnêtes gens pour
« qui le culte des lettres et des arts est chose sérieuse
« et quasi sainte (1). »

G. L.-D.

Paris, 1883.

(1) Préface des *Ours et Oursons*.

ŒUVRES

DE

Lucien-Elie

LELION-DAMIENS

Né à Rouen le 19 octobre 1815

Mort à Paris le 24 mars 1878

A ELISA

Hosannah! vous m'avez accordé la tendresse
De la femme rêvée aux temps de ma jeunesse ;
Elle a fait de mon fils l'homme de mes projets ;
Soyez béni, Seigneur, pour ces rares bienfaits.

Nos revers ont trouvé son âme sans faiblesse ;
Muse de mes loisirs, je dois à sa sagesse
Et le peu que je vaux, et le peu que je fais ;
Comment payer ma dette à cet ange de paix.

Si je tenais enfin la fortune captive,
J'obtiendrais, Elisa, deux biens dont je te prive :
Les plaisirs de l'esprit et le repos du cœur.

Mais, hélas, le temps passe et la vieillesse arrive ;
Cependant mon amour garde sa foi naïve
Et compte bien un jour te payer mon bonheur.

LES FRANCS PROPOS

DE

JACQUES BONHOMME

RECUEILLIS PAR SON COMPÈRE

LELION-DAMIENS

1864

POURQUOI CELA

J'ai nom Jacques Bonhomme.

Si haut que je puisse remonter vers mes ancêtres, soit du côté de ma mère, soit du côté de mon père, je ne rencontre que des Jacques.

Il y a quarante ans, j'ai laissé au pays une longue lignée de braves cousins.....

Ils sont pour la plupart ouvriers de la terre; un beau métier que celui-là; un métier honnête, sain, digne de grands respects; le premier des métiers!

Tous ces Jacques ne sont guère à plaindre.

Ils jouissent, s'ils sont restés simples devant Dieu, des biens multipliés que sa main paternelle prodigue à nos campagnes.

Ils ont l'espace, ils ont l'eau, le soleil, la lumière, les fleurs et, par surcroît, le commerce intime de bonnes créatures point si *bêtes* qu'on le dit, prêtes à les aimer, prêtes à les servir.

Les mauvais exemples sont plus rares autour d'eux.

De généreux conseils leur sont sans cesse prodigués par le travail que la nature accomplit, à chaque heure, sous leurs yeux.

S'ils sont malheureux c'est qu'ils sont méchants ; s'ils sont méchants c'est qu'ils se refusent à voir, c'est qu'ils ne veulent pas entendre.

A peine nés montrez-leur le blé qui pousse, apprenez-leur à écouter l'oiseau qui chante, et laissez aux premières brutalités de la vie le soin de les rabattre sur le droit chemin, si les folles ardeurs de la jeunesse les emportent un moment.

Il y a chance quasi-certaine qu'ils mourront

dans la confiance et la paix des âmes simples.

Hélas! j'ai rencontré dans les villes où je vieillis des millions d'autres Jacques, mes cousins aussi, et ceux-là mes cousins biens-aimés!

Miséricorde et pitié sur eux, car ils sont voués à de lourdes misères, car il fait nuit sombre autour de leurs penchants.

Il n'en est pas un de ces penchants, un seul digne d'un homme libre que le milieu social ne contrarie et ne raille, hormis les mauvais que mille tentations sollicitent, que mille jouissances encouragent.

Ah! celui des préférés de mon cœur qui jusqu'à son heure suprême marche sans défaillances et se garde, à peu près, des vilenies morales, je le salue comme une merveille, je l'interroge comme une étrangeté, je l'étudie comme un hasard.

Et cependant quand je me recueille, parceque

l'amour que j'ai pour eux tous m'illumine peut-être, la merveille s'amoindrit, l'étrangeté rentre dans la règle, le hasard sort des lois certaines.

J'affirme, en regardant le ciel, que le bonheur est possible ici-bas ; je dis à l'encontre de l'Égoïsme satisfait qui va prônant la résignation — comme à l'encontre aussi de l'Envie haineuse qui prêche la révolte — que la plus grande somme des félicités permises sur la terre appartient surtout aux petits, aux humbles, aux Jacques qu'on nomme les deshérités.

Avant mon départ pour le monde inconnu, celui de demain que Dieu gouverne comme il gouverne celui d'hier, comme il gouverne de toute nécessité celui d'aujourd'hui, je veux, chers cousins, vous livrer ici le fruit de mes méditations et de mes recueillements.

Jacques Bonhomme se fait vieux. Vous autres,

Jacques du siècle qui roule, Jacques du siècle qui naîtra, aimez-moi quelque peu, pour tout le bien que je vous souhaite, pour les trésors que je m'imagine vous ouvrir.

Pendant que vous y serez — puisque c'est déjà un bonheur que d'aimer — aimez aussi mon compère.

Il a écrit les choses que j'ai dites devant lui. Dans nombre de ces pages il a été ma mémoire, son cœur n'a pas moins d'ardeurs que le mien.

I

Avant tout autre soin, compère, il faut tuer l'Envie.

C'est la pestilence qui épuise les Jacques, c'est le cancer qui leur ronge le cœur.

Les aveuglés qu'ils sont, ils ne font rien pour combattre le monstre. Au contraire, ils donnent à sa voracité toutes les satisfactions qu'il leur est possible; et tu les vois, l'œil tourné vers les jouissances d'autrui, fouler aux pieds les choses qui leur sont promises. Connais-tu bien l'Envie, compère? Une vieille, laide, sèche, jaune, parcheminée...

On la rencontre, plantée devant les magasins qui brillent, les yeux collés aux vitres des marchands d'or, les narines dilatées sur les cuisines des restaurants, et jetant un regard de haine bilieuse sur l'équipage des riches.

Elle s'attife d'oripeaux arrangés suivant la mode des jeunes qui sont belles. Elle est folle des quincailleries qui imitent les bijoux.

. Les fleurs ne sentent bon, sous son nez, que si elles ont été cueillies au champ d'un autre; car elle a un champ qui lui suffirait, si elle voulait s'en contenter; non pas, il lui faut le champ plus grand que le sien.

Son four cuit du pain presque blanc, oh! mais le four du voisin cuit de la brioche, elle entend manger au four du voisin. Sa vigne donne du raisin et du raisin qui n'est point malade; pouah! elle l'abandonne aux mouches, pour s'en aller rôder autour de la treille du roi.

La mauvaise créature s'accouple, s'accouple que ça n'en finit pas... Elle malmène un sérail, et tous ceux qu'elle y enferme c'en est fait de leur bonheur.

Encore un coup, compère, à nous deux tuons l'Envie, tordons-lui le cou. On assure qu'elle a cent têtes dessus, tordons-les assez bas pour les abattre toutes.

Ainsi nous aurons rendu à nos Jacques un service qui les sauvera.

Tiens, je vois venir vers nous l'un d'eux qui m'est petit-germain.

Qu'en dis-tu, est-ce là un Jacques?

Il a trente ans à peine, son métier n'est pas des pires.

Il est chaussé de cuir verni, son pantalon serre le mollet, il ne lui manque qu'un ruban rouge au paletot pour avoir l'air d'un juge au commerce...

1.

Est-ce là un Jacques?

Breloques au gilet, cigare aux lèvres...

Est-ce là un Jacques?

Le voici attablé devant un verre d'absinthe, il viendra prendre le café tantôt pour lire le plus ardent des journaux du soir!...

Il fait le Lundi, en citoyen d'assez bonne compagnie, je l'accorde...

Mais, encore un coup, est-ce là un Jacques?

Le voilà qui s'enfonce au milieu de la foule, cherche-le, tâche donc, compère, de le reconnaître dans le tas...

Ce qu'il lui en coûte pour se déguiser ainsi, si tu es curieux de le savoir, nous le demanderons à sa bourse toujours plate.

Oh! l'Envie! l'Envie!

Courons sus à l'Envie, compère; et j'y reviens, tuons-la.

Tuons-la, ou les Jacques n'auront ici-bas ni
paix, ni félicité.

Cependant ce sont les prédestinés. S'ils sa-
vaient... mais ils ne savent pas! — Essayons de
leur apprendre... — Trouve-m'en un qui veuille
écouter.

II

Gardons-nous de blâmer celui qui tente de s'élever, compère. Seulement il faut s'entendre. Qu'est-ce que s'élever? Qu'est-ce que descendre?

Ainsi voilà le Jacques que tu as élu pour écouter mes propos...

Approche, mon fils, et ne te trouble pas de mes colères s'il m'en vient...

Or, il m'en vient souvent quand je vous vois, par braverie d'idiot, tant et tant gaspiller les bonheurs menus, mais purs, mais sains, mais multipliés que Dieu vous prodigue...

Écoute ceci qui est une vérité bête, de celles que l'on méprise parce qu'elles sont d'almanach :

— Il ne faut pas essayer de jouer du violon sur un tambour.

— Un écu ne vaut qu'un écu dans la main d'un bedeau comme dans la main d'un évêque.

— Que grenouille soit grenouille et que bœuf soit bœuf.

Croire, ami, que tu te rehausses parce que tu as revêtu l'habit d'un docteur, ou seulement d'un marchand, c'est sottise monstrueuse, asinerie de glorieux, misérable effort d'esprit borné.

Toute dignité vient de moralité; tout travail est moral.

Quoi que tu dises, quoi que tu fasses, le costume qui n'est pas celui de ton état, n'ajoutera rien à la valeur de tes paroles, au mérite de tes actions.

Au contraire tu seras suspect comme un intrus, et ridicule par surcroît.

Veux-tu forcer "estime publique? Reste toi-même, simplement toi, et partout, et toujours.

Les plus grands se défendront de te mépriser, dès l'instant qu'ils te verront, satisfait de ta fortune, ne mettre de recherche que dans l'élévation de ton âme et dans la culture de ta raison.

Ton luxe à toi ce doit être uniquement la propreté, avec l'épargne quotidienne dans ta poche, et tu deviens l'homme que je veux.

Alors nul sous le soleil ne vaut plus que toi. Tu es l'égal de tous devant le devoir, devant le droit, comme devant la loi.

Si ta vie affirme dignement à chaque heure ce que je proclame ici tu deviendras, à coup sûr, l'égal de tous devant le préjugé qui est fils de Vanité.

Soigne tes cheveux, respecte ta barbe, ce sont dons de nature; soigne aussi ta main, l'outil parfait.

Que tes vêtements soient larges, aisés; fais-les tailler de façon à révéler la grâce énergique de ton corps et non pour rendre témoignage à la mode.

Je te le dis, mon Jacques, quand l'outil en main, devant ta besogne salutaire, tu remplis bravement la tâche de ta journée, en vue de fournir à tes besoins; mieux encore aux besoins de ceux que les amours sacrés ont unis à ton sort, par Dieu la justice suprême, je te salue roi!

Tu es grand, tu es beau, tu es parfait. Ne cherche rien au delà.

Ton œuvre est assez haute, pour assurer tes droits sur les récompenses que réserve à ses élus le souverain Juge. Tu fais plus, tu fais mieux, que tel dont nous va venir tantôt un livre inutile, dangereux quelquefois, que tel même qui combat de l'épée, que tel encore qui prétend à gouverner le monde.

A quoi bon demander à un uniforme, à une fonction quelconque, la considération, l'estime, le respect dont tu as soif.

Ne l'oublie jamais, si tu as su débarrasser ta vie de tous les besoins imaginaires qui écrasent nos sociétés corrompues, une fois ton labeur accompli tu représentes, en leur suprême développement, la liberté et la dignité vraies.

La considération, l'estime, le respect ne sauraient donc te manquer; mais point de faiblesses, point de lâchetés, reste Jacques.

Souviens-toi encore que tu es la force et remercie Dieu de ce que t'ayant donné de si grands biens, il les ait donnés à toi seul.

Les fils de tes maîtres prétendus ne les connaîtront jamais.

III

Maintenant, mon fils, il faut songer à ta maison, et c'est une grave affaire.

Le cher gîte où tu viendras chercher le repos, la paix, la réparation après les fatigues du jour, le royaume où ton cœur doit régner, dans toute la plénitude de sa puissance d'aimer, ne peut pas être un bouge, un refuge, un réduit.

Sache bien que là, seulement, tu seras un homme — un époux, un père — la raison, la conscience, la lumière de quelques-uns qui sont toi et qui viennent de toi.

Il importe que tu te plaises où tu voudras qu'ils se plaisent.

L'habitacle étroit, sans jour, puant, mal avoisiné tue la famille. Le mariage y dégénère en un accouplement de brutes.

N'aie pas peur de chercher un peu loin.

La nature nous a donné des bras pour travailler et aussi des jambes pour marcher, marche donc.

Nous autres qui n'aurons jamais d'équipage, — il faut t'en réjouir, — nous devons devenir de grands marcheurs. Rien ne repose mieux de la station de l'atelier qu'une course en plein air.

Sous la pluie, sous la neige, par le chaud humide ou le froid qui coupe, nous n'avons presque rien à redouter des inclémences du temps, si nos pieds sont solidement armés, si nos vêtements sont en état convenable, si au logis nous attendent avec impatience, devant un feu joyeux, la ménagère et le souper. Joins-y les enfants, ces bouquets de baisers, et tu auras le paradis des Jacques.

Ce paradis tu peux y aspirer car te voilà riche de tout ce que tu ne donnes plus aux inutilités. Et l'inutile, mon fils, n'a point de limites précises; il s'étend d'autant plus que tu réduis tes besoins.

Tu ne veux pas te loger dans la ville. La chambre qu'il te faudrait accepter est trop petite. Le soleil n'y vient point. Elle est empestée par les odeurs du ruisseau, des gargouilles, des fosses, des cuisines. Tu la trouverais, ici ou là, à vingt minutes de l'atelier, mais cent cabarets te solliciteraient sur le chemin.

Tu ne serais jamais pressé d'y rentrer; qu'y ferais-tu?

Les enfants y crient, la mère y gronde, on y a lavé les nippes ce matin, elles y sèchent. Il faudrait te coucher au milieu de tout cela; et au plus tôt, comme un chien las de rôder aux bornes.

Braillements, remontrances, vapeurs de lessive te priveraient d'une heure de recueillement et de joie paisible sous les caresses, et c'est le recomfort de ta vie que cela. Aussi aurais-tu grande hâte, au petit jour, de retourner à l'établi pour y retrouver, avec plus d'espace, le silence et des amis.

D'ailleurs il n'y a point d'eau dans ces enfers, à moins qu'on ne la paie ainsi que le pain, ainsi que le vin, très cher, trop cher pour ta bourse de Jacques. Or l'eau, mon fils, est un bien et le premier des biens nécessaire à tout ménage de pauvre. Il t'en faut toujours et beaucoup.

La source où tu pourras puiser librement te versera la force, la santé, aussi la joie qui vient d'un cœur sain dans un corps sain.

Je sais qu'il ne paraîtra point aisé de trouver

la maison que je te souhaite; mais elle existe quelque part, cherche-la avec ténacité. Tâche en outre que d'autres compagnons t'imitent. Alors, pour eux et pour toi, il en sortira de terre.

Le jour où vous auriez résolu de fuir les villes ne sois point en peine, les bâtisseurs sauraient choisir la contrée où vous vous plairiez.

Les gens d'écus sont intelligents en diable, ils sont complaisants encore plus; s'ils entassent moellons sur moellons dans les rues en boyau, s'ils édifient des casernes, des ruches, c'est que vous aimez le voisinage des fumiers de la cité.

Émigrez, émigrez, ces gens-là vous suivront — pour vous devancer bientôt. Laissez-les faire; quand vous les aurez mis en appétit, ils aviseront vite à supprimer les distances.

Pour quelques instants, tranchons de l'archi-tecte. — Nous sommes de métier et point assez novice pour donner à rire à nos *coteries* du bâtiment.

Ta maison, mon Jacques, aura trois pièces, au moins : la cuisine, la chambre du ménage, la chambre des enfants. De vraies fenêtres, recevant une vraie lumière et regardant, s'il se peut, lever un vrai soleil, y laisseront entrer la vie.

J'y voudrais, à côté, un atelier pour rassembler les outils, les gros ustensiles, et quelques provisions.

A dix pas, on installera la niche aux lapins, au-dessus celle aux pigeons, et tout près encore un enclos petit pour six poules avec leur coq, voire deux canards qui barboteront dans un plat.

Nous avons placé l'ensemble au milieu d'un jardinet que tu cultiveras le soir, le matin, le dimanche.

Tu n'auras jamais fini, il te restera de la besogne pour les jours de chômage, si la fatalité de notre vie t'en envoie.

Aussi tu te plairas chez toi. Tu n'en sortiras que contraint et les marchands de vin ne sauront guère si tu gagnes or, argent ou billon.

Dans ton voisinage il y aura une rivière, un canal, un ruisselet, au moins un puits. L'eau, je te le répète, est un trésor pour toi, le plus précieux des trésors. Je le rabâche à dessein, parce que je ne veux pas que tu l'oublies.

Encore un coup, l'eau c'est la propreté facile et parfaite; la propreté, c'est la santé, et la santé c'est le contentement, le plaisir et la joie.

Or, mon enfant, le contentement facile, le plaisir prompt, la joie légère, c'est à peu de chose près la vertu, la force, l'énergie, la résistance, l'homme.

J'entends, si tu permets que je parle un peu latin, vir, celui qui, en toute occasion sage, sait prouver sa *virilité*.

Tu la garniras, cette retraite que nous rêvons, — allons toujours; il est si bon de rêver, tant de rêves sous la volonté peuvent se réaliser; allons toujours — tu la garniras, dis-je, de meubles solides, simples, surtout faciles à tenir vierges de toute souillure. Il faut être avare du temps.

Tu y placeras, en un lieu convenable, une armoire suffisamment remplie de linge. Le linge bien blanc et parfumé est la passion mignonne de la ménagère la plus raisonnable. Il est charitable de lui passer quelque chose à cette chère recluse, le bon ange du foyer.

Le vieux Bujault, un digne Jacques des champs, l'a nommée, lui, le bon Dieu de la maison.

Avec tout cela, mon fils, je ne prétends point affirmer que tu n'auras jamais ni déceptions, ni douleurs.

Eh! non; la souffrance ici-bas est bien le lot de tous. Chacun en a sa part à jour imprévu. Savoir la porter fait toute la différence entre plus misérables ou mieux partagés que toi.

Ces dispositions prises, si tu veux seulement supprimer la tournée du matin et le vin de trois heures, en cinq ou six ans la maison peut être à toi. — Les calculateurs d'intérêt te feront le compte quand tu voudras.

Qu'importe, à loyer ou autrement, si ta maison est telle que nous venons de la décrire, attends sans vanité, sur ton seuil ouvert, la visite du futur député et tu verras avec quel respect le plus indépendant saluera, en toi, le peuple souverain.

Tu es, dès aujourd'hui, mon Jacques, le cœur de la France, tu en es aussi la force, et il ne tient qu'à toi d'en devenir la raison; mais pour t'élever jusque-là, tiens autant que tu pourras ton ménage loin des villes, et laisse crever de faim les cabaretiers.

IV

La nouvelle me rajeunit, compère.

Ils sont cinq, dis-tu, que ton Jacques a rac-
colés et qui prennent résolument du service dans
la légion des humbles. Une sainte légion!

J'en jure par la lime, — l'outil des patients.

Une légion envahissante, impossible à détruire
dès qu'ils seront mille...

Mais verrai-je cela?... Qu'importe, si je suis
parti, tu leur donneras un drapeau sur lequel tu

feras écrire : Dignité dans la vie... Modération dans les désirs... Indulgence pour tous...

Et la fin du siècle amènera l'achèvement de l'œuvre...

Mes vieilles jambes n'ont pas peur d'un long ruban de chemin. Jamais le poison des *bouchons* n'a gâté le sang qui les nourrit. Jamais elles ne se sont engorgées par un long séjour sous les tables salies de vin bleu. Elles ne tremblent point, vite, mon bâton et debout, allons voir la maison que ces enfants ont trouvée...

Compère, je lis un peu les journaux,... j'y trouve, en ce moment, de vigoureuses récriminations contre ceux qui éventrent les villes... Compère, j'écoute beaucoup, j'entends retentir les plaintes énergiques de ceux que chasse la pioche des démolisseurs.

Je ne sais pas si tant de bouleversements s'accomplissent tout à fait suivant les règles très respectables du droit de chacun, et plus je n'en veux rien savoir. Je m'en soucie comme un chat d'un fétu.

Il y a violence, il y a brutalité... Cela peut être vrai, puisqu'on le crie si fort.

Pour moi, je bats des mains, parce qu'une chose grandement bonne que je vois me rend aveugle sur les choses mauvaises qu'on m'énumère.

Apatronnés dans leurs fatales habitudes, les Jacques des bouges disparus auraient continué de s'y ébaudir. Ils nous y auraient fait, jusqu'à l'abrutissement de la race, des milliers de mômes étiolés, rachitiques, bancroches, par surcroît hargneux et méchants en dignes enfants de la nuit qu'ils sont.

Il faut le soleil aux marmots pour pousser droit et se faire le cœur grand.

En avant donc la lumière! Place au jour, place à l'air pur!

Vous autres, qui preniez dans l'ordure le dégoût de la vie régulière et vaillante, éparpillez-vous où l'herbe pousse, vautrez-vous où poussent les fleurs.

Je vous le répète : vous avez des jambes pour marcher, marchez donc ; le repos engendre couardise, marchez donc.

Les villes ne seront à peu près supportables que quand on n'y rencontrera plus un seul de vos enfants le long des ruisseaux.

La résolution de ceux qui vous mènent a du bon. Je vois du chirurgien dans leur fait. L'opération nous est dure et nous hurlons. Résignez-vous, patients...

Le temps est un merveilleux guérisseur ; sous sa main le mal dont vous souffrez disparaîtra. L'équilibre aujourd'hui rompu se rétablira au bénéfice des existences un moment troublées, et comme toujours le bien restera.

Je sais bien, compère, que beaucoup dont le métier, lucratif, est d'écrire chaque soir, de leur mauvaise plume, des sottises *sociales* destinées à étourdir les Jacques, qui vont ainsi donner, à jour prévu, tête baissée dans le panneau de l'émeute — je sais, dis-je, que ceux-là ricaneraient en m'entendant.

Rêveries de bonhomme! Billevesées d'illuminé! clameraient-ils, au nom..., de l'économie politique — qu'ils se vantent de fréquenter pour en avoir quelquefois ouï parler.

Et lestement, en trois lignes vides et ronflantes comme un tambour, ils démontreraient victorieusement... que si le travailleur fait quelque chose c'est que l'oisif ne fait rien et qu'il est temps que l'un prenne la place de l'autre.

Jouissez, vous crient-ils, et sus au capital! — où qu'il soit — d'où qu'il vienne.

Hélas, chers Jacques, ce n'est pas l'argent qui vous manque, c'est la moralité. Vous prétendez aux plaisirs des riches qui se tuent pour se les donner, vous ne savez plus rien de la modération de vos pères. Vous fumez, vous buvez et ces habitudes vous tyrannisent, vous avilissent.

On peut tirer poliment son chapeau devant l'économie politique sans que j'y contredise. Pour être venue tard au monde, elle y fait déjà grosse figure, sinon bonne besogne, mais foi de vieux Jacques entêté comme une mule rudoyée, je vous déclare que toutes les théories réputées positives, toutes les formules plus ou moins scientifiques, tous les exposés, toutes les statistiques, tous les chiffres, tous les tableaux synoptiques, comparatifs et concluants ne vaudront jamais pour nous sauver de l'abrutissement — nous les pauvres, — je ne dis point les petits, il n'y a sur la terre ni grands ni petits, — ne vaudront jamais les caresses du soleil, les faveurs d'un coin de terre, et la possession libre d'un toit modeste pour y abriter nos triples amours de fils, d'époux et de père.

Il nous faut tout cela, il le faut au plus grand nombre absolument, pour le salut du monde, ou bien l'on verra l'espèce humaine s'amoindrir par en bas aussi rapidement qu'elle s'amoindrit par en haut.

Que la réforme soit difficile, à peu près impossible... que ce soit une révolution dans les mœurs populaires, nous le savons du reste; c'est pour cela que j'adjure les Jacques de tenter l'affaire, eux seuls la peuvent accomplir... ils l'accompliront.

Marchons au monstre.

De quoi s'agit-il en somme?... de jeter notre dévolu, ici ou là, sur un lieu propice, assez loin des murs de la ville pour être déjà la campagne, assez proche pour permettre de gagner l'atelier en une heure ou deux de marche — la marche des Jacques.

Eh! bien comptons : dix heures de travail, deux le matin pour aller, deux le soir pour revenir, en tout quatorze.

Est-ce vraiment trop pour un homme que la sobriété préserve, de qui le cœur est plein de saintes affections et qui se sent la conscience légère. Non, j'en prends à témoins les deux millions de laboureurs qui font plus chaque jour.

Il reste encore dix heures pour le repos dans la famille et le sommeil du fort.

D'ailleurs pourquoi s'effrayer? Si bon nombre d'agglomérations pareilles se formaient nous verrions vite les suivre les inventeurs de toute volée.

Cû un besoin se constitue aussitôt apparaît le spéculateur. Voitures à bon marché, chemins de fer rapides, bientôt machines à feu roulant sur les routes ordinaires, en attendant d'autres plus simples, ne manqueront pas d'arriver.

Et nous verrons avant de mourir, compère, des quatre coins de nos grandes villes, voler vers le centre une multitude de chars sans chevaux, pour y verser chaque matin l'active armée des gens de labeur qu'ils emporteront le soir.

Alors nos Jacques iront plus loin, plus loin encore...

Je bénirai Dieu, dans mon cœur, d'avoir fait l'homme si hardi, si entreprenant, si grand!

Connais-tu, compère, une image que j'ai vue en ma jeunesse?

Elle représente un soldat rentrant au village

après son congé... On est venu au-devant de lui, car on l'attendait le bien-aimé !

Il marche, sa fiancée au bras,... les vieux parents le suivent,... les enfants courent en avant chargés de son harnais de guerre... Tout est joie sainte, tout est ivresse à faire pleurer, là dedans.

Nos Jacques établis comme je le souhaite auront cette joie, cette ivresse tous les soirs.

On viendra au-devant d'eux si loin qu'il se pourra.

La femme au bras, les vieux parents derrière, les enfants en avant, ils arriveront au gîte des amours que Dieu bénit, et les bêtes du logis les salueront à la barrière du jardin...

J'entends rire un de nos oracles quotidiens.....
Outre à rêveries !... sac à billevesées !

Laissons rire, compère, et répétons aux Jacques que ces rêveries, ces billevesées seront des réalités quand les Jacques le voudront.

Le monde va par où le mènent les Jacques. Le monde ira par où je dis, dès que la fumée des cabarets ne troublera plus la volonté des Jacques.

Tout en devisant, compère, nous voici hors d'enceinte.

La maison qu'on voit là-bas est bien celle où nous attendent les Jacques.

Salut! mes fils; le lieu me plaît. La rivière n'est pas loin, la route est bonne. Ici des gazons, là quelque ombrage. Contentons-nous de l'à peu près.

Au voisinage des grandes villes il faut, hélas!

rabattre de mes espérances au moins pour le présent; mais les temps sont proches où les bâtisseurs bâtiront pour vous.

Ils ont des modèles déjà.

Un voyage dans la campagne de Mulhouse leur apprendra ce qu'ils semblent ignorer encore. On a construit par là des maisons qui sont parfaites. Ce sont les maîtres qui ont eu le mérite de l'invention.....

Permettez, enfants, que je saisisse l'occasion pour saluer ces heureux du siècle et que je leur envoie la bénédiction d'un vieillard. Ils ont nom Dolfus, Kœcklin, Muller. Rien de leurs intérêts ne les sollicitait. Libres, sous la protection du code, de ne penser qu'à eux, ils ont pensé à vous; criez avec moi : vivat et merci !

Beaucoup d'autres ailleurs feront comme ceux-là, quand ils sentiront que vous vous élevez autour d'eux par la moralité, par la dignité do votre vie.

Encore un coup : vivat et merci! Il en est trop qui vous ont enseigné la haine pour que j'hésite à vous conseiller l'amour.

Acceptons donc la maison. Elle est ce qu'elle est; mais voyons le jardin.

Cette parcelle infiniment petite de la patrie, ce misérable coin du monde où la nature, toujours généreuse et nourrice prodigue, va pourtant répondre à la moindre de vos caresses, doit devenir le paradis des vôtres.

Il contiendra une surface largement mesurée pour la pomme de terre — ce pain tout fait — une autre pour les carottes, les choux, les poireaux, l'oignon et les herbes menues qui font le pot-au-feu succulent; une autre pour les pois, les haricots, les artichauts, l'asperge même; une encore pour la salade, les cornichons, la capucine; une dernière pour quelques friandises, fraises, groseilles, framboises, melons, tomates...

Autour, sur d'étroites plates-bandes, accumulez les fleurs. Celles vivaces nous reviennent de droit. Elles demandent peu de soins, prennent peu de temps, et donnent, à qui sait les regarder, autant de plaisir que celles réputées rares.

De place en place, vous y planterez les rosiers qu'il faudrait savoir écussonner; s'il se peut vous n'oublierez pas vingt arbres qu'il faudra greffer, diriger, mettre à fruit, non plus que quelques plantes médicinales dont il conviendra de connaître l'usage. Vous les nommerai-je? Ce n'est point ici le lieu. J'aime mieux vous assurer qu'elles vous serviront à nourrir vos abeilles; car vous aurez des abeilles. Les enfants aiment le miel, et le miel peut remplacer le sucre.

Ai-je assez dit sur ceci? Croyez-vous utile que j'insiste plus? Ne sont-ce point des puérilités à faire sourire vos éducateurs ordinaires?

Que m'importe à moi; rien n'est insignifiant à

mes yeux quand il s'agit de votre bonheur; voilà pourquoi je prêche, voilà pourquoi j'enseigne le jardinage.

Tout ce que je veux que vous sachiez vous effraie. Vous possédez tous les secrets de votre métier dites-vous, cela ne suffit-il pas?

Silence! il n'y a que les fainéants, qui sont graine d'ivrogne, capables de parler ainsi.

Savoir un métier, savoir son métier, le parfait miracle! Pour l'aider à s'accomplir il y a la faim qui commande et puis le temps qui permet, car on commence jeune.

Je prétends, moi, que vous exerciez par complément le beau métier qui s'exerce dans la grande usine terrienne.

Je prétends cela : parce que ce métier sacré donne satisfaction à mille besoins légitimes, contente mille désirs non moins légitimes et assure mille plaisirs purs de tout excès dégradant.

Vous n'y répugnez point et vous n'êtes en cette docilité que bien inspirés; mais je ne vous apporte que des propos de bonhomme, un livre précis, un

3.

guide sage, surtout peu savant, vous viendrait mieux en aide. Bujault le laboureur de Chalouë vous l'aurait pu faire. Hélas! Bujault n'est plus.

Puisque je vous ai là, mes Jacques, formez vos rangs, je vais passer la revue.

Général pour une demi-heure, je veux tenir l'emploi en inspecteur sévère, en grognard qui sait beaucoup sur l'équipement du travailleur, pour l'avoir porté longtemps.

Mon compère vous a fidèlement rendu mes propos. C'est bien cela à très peu près.

Que les braies soient larges. Il importe que tous les mouvements du corps, pendant le travail, s'y puissent accomplir sans les tendre sur la fesse et sur le genou. Elles descendront jusqu'au-dessous du mollet pour s'engager sous la botte, la guêtre, ou la jambière destinée à vous défendre contre l'humidité de notre mat.

Adoptez la ceinture du montagnard, elle soutient les reins, supprime les bretelles et laisse au haut du corps toute sa souplesse.

Par-dessus prenez la veste — la blouse qui est gauloise, — la vareuse, selon votre fantaisie, pourvu que cela soit large, aisé, et un tant soit peu favorable aux plis qui sont la grâce du vêtement.

Contre la très mauvaise saison, vous avez le choix entre la limousine, le manteau ciré, ou plus simplement la couverture de laine. Cet en-cas se drape comme il vous plaît. Il sied ou il est laid suivant le tour de main; affaire de goût et d'estime de soi pour chacun. Couvrez-vous la tête d'un chapeau à larges bords qui la préserve du soleil et de la pluie.

Ainsi vous serez vous, rien que vous, de beaux hommes, mes Jacques, vêtus d'un habit qui convient à votre situation sociale, reconnaissables entre tous, point déclassés, respectables et respectés parce que nul ne pourra se tromper sur votre état.

Le bon marché des nippes qu'on vous vend aujourd'hui ne sert qu'à vous charger d'un ridicule qu'il faut fuir.

Toutes les confections bariolées s'ajustent mal sur votre personne. Les cocodès du temps présent, tristes drôles qu'on nommait des mirliflores dans ma jeunesse, sont étranges seulement et ils ont d'habiles tailleurs. Jugez ce que vous devenez, vous, habillés sur mêmes patrons mais par des gâcheurs.

Il ne vous faut que des choses solides et amples; tâchez encore qu'elles soient gracieuses, rien ne s'y oppose.

Ayez l'âme haute, la conscience libre, la volonté droite, le regard franc et toutes les mâles vertus où se prend la dignité des allures; vous serez braves alors mes lurons, mais braves à faire enrager de jalousie les imbécillités riches ou titrées, braves à tenter les filles de grand nom — ce que je n'aurai garde de vous souhaiter.

Or, puisque nous y voilà, sans mauvais dessein, parlons de l'amour.

VI

Encore un don du ciel que vous profanez, mes
Jacques, une loi généreuse de la grande nature,
que vous violez et qui tourne contre vous.

Avec l'envie, que je vous enseigne à détester;
l'amour, qui devrait vous sauver, vous abaisse;
vous ravale, vous abrutit. Il vous retient dégradés
dans les bas-fonds de l'humanité.

Vous n'avez point encore de barbe au menton
qu'on vous rencontre déjà dans les rues sombres,

le long des murs, préparant dans la nuit d'ignobles accouplements. Ce sont les filles de quinze ans, qui n'ont pour ainsi parler jamais été vierges, et qui probablement ne seront jamais mères, que vous conviez à vos plaisirs de brute.

Par cet abandon honteux à la male-faim de la chair, vous devenez la race blême, la race émusclée, éreintée qui peuple vos ateliers borgnes et qui ne fournit plus de soldats à la France.

Elles, vos sœurs, deviennent en même temps le troupeau des traîne-guenilles, où se recrute le personnel des maisons qui ne s'ouvrent pas.

Dans ce commerce crapuleux, votre âme s'endort d'un sommeil profond pour ne s'éveiller plus qu'à la mort.

Votre œil s'éteint et reste terne sous la lumière qui rayonne de tout ce qui est beauté.

Vous ne savez point lire le livre de Dieu ni les bons livres des hommes.

Tout ce qui n'est point obscène vous trouve inertes.

Le courage, s'il cesse d'être l'élan d'une

seconde, la surprise d'un moment, vous devient impossible. Vous *blaguez* le sacrifice; à peine a-t-il un nom dans votre langue.

Vos lèvres puent l'indigestion et le blasphème. Vos rires sont des convulsions, vos chansons des hurlements.

Vous n'aimez point les fleurs, vous redoutez le soleil.

Vous ne marchez pas sur la terre comme un homme y doit marcher, sous le regard du Juge suprême, le jarret ferme, la taille droite, le front haut. Vous traînez vos chaussures au ras des bornes, vous rampez sur l'ordure, comme le ver né d'une charogne sur les débris dont il s'emplit.

Ah! mes Jacques, je suis rude n'est-ce pas? J'accable ma victime de coups qui vont l'écarter de moi...

Par l'éternel auteur de toutes choses, et foyer

des saines tendresses tant pis! vous flatte qui voudra.

Je n'attends rien de vous souverain restauré d'hier... rien vous dis-je, si ce n'est le salut du monde! Cette gloire qui vous est réservée vaut bien, ce me semble, la soumission aux dures vérités que je vous fais entendre.

Nous sommes je crois au cœur du faubourg, arrêtons-nous un instant avant de nous quitter, mes Jacques; causons encore, si je ne vous ai point trop fâchés.

L'heure approche où les filles que la grande ville occupe vont regagner leurs mansardes. De ce banc nous pourrons les suivre du regard, sans les embarrasser. Essayons de trouver parmi elles l'enfant à qui vous confieriez volontiers le bonheur de vos jours.

Car mes Jacques, j'ordonne que vous vous

mariez jeunes — avant vingt-cinq ans si le sort vous a été favorable — avant trente si l'armée vous a pris.

Vous avez cet avantage sur les riches, ou ceux qui le veulent devenir, que la dot vous importe peu. La compagne élue de vos soucis et de vos travaux deviendra par la pauvreté, la compagne nécessaire de vos espérances et de vos joies... Elle sera pour moitié dans tout ce qui vous peut échoir de bon ou de mauvais... Pour assurer le bien-être qu'elle attend du mariage vous ne comptez que sur l'habileté de vos mains, la solidité de vos bras et la santé que vous avez su vous conserver. Sa foi non plus n'est point ailleurs... Nulle inquiétude n'alarme sa tendresse, pourvu qu'en venant à vous elle sente qu'elle s'élève...

C'est la loi de leur nature de se tourner énergiquement vers ceux des hommes qu'elles croient supérieurs par les habitudes et par les mœurs. Leur idéal résume toujours la force unie à la dignité, l'énergie unie à la douceur.

Toute faiblesse les éloigne, toute lâcheté les

dégoûte, toute grossièreté les effarouche. Beaucoup de celles que vous n'avez point dépravées et qui vous fuient, ne se perdent que par cette ardeur à souhaiter des mérites, dont vous faites peu de cas.

Votre brutalité n'a vraiment rien qui soit plaisant... Les pauvres agnelles sentent s'évanouir la confiance qu'elles voudraient prendre en vous... Il leur semble que votre approche souillera leur blancheur, la peur les affole... Pour vous échapper elles cherchent une issue, se trompent de chemin, et vont droit à plus grave péril...

Ne les accusez pas, plaignez-les, et corrigez-vous.

Suivez mes yeux, regardez, là... ce minois rieur. Le teint est frais et rose, le regard est clair et franc, ce sera une chanson joyeuse que ce cœur de dix-huit ans, heureux de se sentir vivre en attendant l'heure d'aimer. — Tant mieux, la gaîté aide à supporter les déceptions de la vie.

Voyez près d'elle cette tête sérieuse couronnée de cheveux bruns. Je ne sais à qui la belle résolue daignera confier les trésors de sa grâce si fière... mais que celui-là sera adoré s'il le veut! Quels dévouements lui seront acquis en récompense de l'affection profonde qu'on lui demandera!

Voyez encore la rêveuse qui suit... où va-t-elle, de son pas oublieux des embarras de la route? Que cherche-t-elle sous les ombres de l'avenir? Vers quelle image de beau jeune homme se sent-elle entraînée?... A la voirie, le sale ivrogne qui la heurte en passant et la ramène ainsi aux trivialités de la rue... Elle était la maîtresse enviée d'un doux nid, propice aux fêtes de l'hymen, à l'abri des orages, sous la protection d'un cœur dévoué et d'un bras fort... La voilà qui met la main sur ses deux yeux effrayés pour ne plus voir l'abjection de beaucoup parmi vous.

Et les autres, qui sont la foule... Celles insignifiantes en apparence, celles qu'on ne regarde pas... Savez-vous ce qu'un baiser promesse, ce que la maternité sous la sauvegarde de la pudeur, éveillera en elle d'héroïsmes patients, pour payer au centuple le bonheur que vous leur aurez donné?

Celles qu'on dit laides!... ne les dédaignez pas... à défaut de la beauté qui attire, qui retient, qui soumet, elles ont la reconnaissance, ce lien des liens... on ne se sépare pas légèrement de qui crie avec humilité : merci! L'attachement sérieux est plus qu'on ne croit fils de l'habitude; et d'ailleurs, il n'y a point de déplaisance au visage où il y a tendresse et pureté de cœur.

Beauté et corruption sont antipathiques, et pour les œuvres saintes du mariage, l'amour a des complaisances du regard que Dieu permet, qu'il inspire, qu'il bénit.

Parmi ces vierges, les sœurs de vos frères, avez-vous découvert celle qui vous plairait?... Allez, allez mes fils, suivez ses pas, examinez... interrogez...

Si vous arrivez au seuil d'une famille unie, où l'aïeul fait jouer le petit-enfant, où l'autorité du père est respectée sans contrainte, où la mère est la plus prompte à l'obéissance intelligente, où le travail est la loi bénie de toutes les heures, où la probité tient de l'instinct, arrêtez vos recherches, tenez là vos ardeurs...

Puis aussitôt, aimez !

Aimez, aimez bravement, sous les yeux de tous, en pleine lumière, à la face des timides, des avares, des précautionneux.

Aimez, aimez, faites toutes les folies de délicatesses, de prévenances, d'enfantillages qui sont les joies ineffables de l'amour !

Qu'à vous voir : l'adolescent se sente hâte de vivre, et le vieillard regret de mourir...

Aimez ! aimez ! soyez d'une partie au magnifique concert que toutes les jeunesses de la nature donnent incessamment à Dieu, la source à jamais féconde des vaillantes attaches... aimez! aimez!

Compère, nous contemplerons ensemble cette affirmation de la vitalité du monde, nous saluerons l'avenir et nous bénirons les époux... car nous serons de la noce; mais il n'y aura ni chansons au gros sel, ni danses furibondes, ni pique-nique, ni vin bleu...

Ce ne sera pas la fête de la gueule; ce sera la fête du cœur...

Des fleurs, des baisers, des serrements de mains, des pleurs de contentement discret; sur le reste, le mystère et le respect...

Compère, on rit à mes oreilles... on rit de mon chant de fiançailles... Poète, rapsode, fou! — c'est tout un — disent avec compassion les railleurs; nous voulons bien écarter l'argent; mais la beauté, mais les surprises du regard, mais les rencontres imprévues, les sympathies soudaines...

Compère, repousse ces pitoyables mais.

Surprises, rencontres, sympathies... sottises et niaiseries!

Fais comprendre à nos Jacques que les sens ne

doivent être de rien au mariage, qu'il les faut réduire à l'obéissance entière.

Une jambe parfaite entrevue jusqu'au genou, une gorge ferme et bien posée, devinée sous le corsage, une taille à solliciter les mains frémissantes, et cent perfections du même genre sont objets d'affollement; on perd la raison à s'y arrêter.

Dans les unions qu'elles amènent, d'un côté comme de l'autre, la possession tue le désir...

Viennent bientôt l'indifférence, la lassitude, puis le dégoût, — heureux encore quand la femme si tristement choisie n'a dans son passé aucune de ces taches qu'on ne saurait effacer.

Combien de Jacques, tombés ainsi sous la domination de la chair, ont poussé l'égarement d'un jour jusqu'à tirer des bouges de la débauche surveillée celle de qui ils attendent des enfants.

Honte! fange! que cela.

Compère, faisons hardiment de nos Jacques des illuminés plutôt que de les livrer aux filles folles.

VII

Vivat! compère, notre colonie augmente.

Ils étaient cinq, les voilà huit !

Huit sur six ou sept cent milliers dont se compose ici l'immense armée des gens de métier !

Les marchands de vin, tous les empoisonneurs patentés sont donc loin de la ruine où je les voudrais voir. Ils peuvent bonder leurs caves. Elles seront vidées et remplies, cent et cent fois encore, avant que commencent à leur nuire les propos de Jacques Bonhomme. Qu'importe! allons de l'avant.

Dis, crie, prêche, rabâche, compère. Après nous, que les convertis prennent leur grand courage et fassent de même.

Avec le secours de dame Patience, la vérité aura son heure de triomphe.

Quand elle se sera emparée de la place, elle y mettra une garnison de saines doctrines; nul alors n'osera tenter de la faire déguerpir.

Ce jour de dimanche, viens voir nos huit.

Ainsi fait le laboureur, entre messe et vêpres. Il va visiter son champ; silencieux et recueilli, il regarde pointer les germes, il arrache par occasion, de ci, de là, chardons et nielles, liserons et folle avoine; puis il rentre au logis, avec sa moisson d'espérance, en attendant la moisson des gerbes lourdes.

Nous avons conduit la mariée à fin d'été, nous aurons des dragées de baptême à fin de juillet...

Dis-moi, compère, est-ce une illusion de mes yeux, un reflet de la joie qui rayonne en mon cœur?...

La maison que voici là-bas, n'est-elle point comme illuminée?...

Ne trouves-tu pas que le soleil la baise plus tendrement, plus chaudement, plus longtemps que toute autre à l'entour?... Il s'accomplit là un adorable mystère!

L'âme de l'un de nos Jacques de l'avenir y prend son enveloppe humaine... Fais, Seigneur! que ce transmigrant nous arrive avec la force des humbles, qu'il accepte un jour le travail comme une dignité de la terre, qu'il ne mesure jamais le respect qu'on lui doit à la finesse de ses doigts, à la longueur de ses ongles.

Ce n'est point le cal des mains qui ravale, c'est la dureté du cœur.

Surtout qu'il fuie, comme inoculant la plus hideuse des pestes, les antres où coulent le trois-six et le vin bleu.

Qu'il se garde d'oublier, combien par certains côtés, l'homme tient de près à la brute...

Tombé jusque-là, les plus charitables ne lui doivent que de la compassion.

Toi seul, l'infiniment bon, sais ce que lui réserve ta justice...

La mère apparaît sur le seuil de ce logis sanctifié.

Elle rêve de lui! la joie de ses flancs...

Elle rêve d'eux! car son œil humide d'un bonheur tout intime va chercher le père qui travaille au jardin... et avec quelle ardeur!

Il y a quelques mois il aurait jeté là sa bêche

pour aller répondre par des baisers aux caresses de ce regard...

Cela ne se peut plus... il s'en défend, car ce n'est plus pour elle qu'il se donne tant de peine; c'est pour lui !

Lui ! celui qu'ils espèrent, celui qui va venir.

Saluons le père, asseyons-nous à son foyer. Qu'il réunisse les autres... je les attends.

Laboureur aussi, je viens visiter mon champ entre messe et vêpres pour y arracher par occasion, de ci, de là, chardons et nielles, liserons et folle avoine.

Mes Jacques, prochainement et tour à tour, vos solitudes vont se peupler de marmots adorés. Ne regardez plus au passé, tenez-vous, au contraire, l'esprit tendu vers l'avenir...

Votre jeunesse est finie. Elle fuit pour toujours au premier vagissement du premier nouveau-né.

Vos soucis, vos craintes, vos espérances vont désormais changer d'objet.

Vous n'êtes plus seulement l'époux et l'épouse, vous êtes, par surcroît, le père et la mère.

Méditez ceci : la manière dont vous remplirez les devoirs que cette dignité vous impose, fixera le niveau moral de la génération en travail d'éclosion.

Les destinées des ans proches vous appartiennent. La fin du siècle sera devant Dieu ce que vous l'aurez faite, et les hommes religieux affirment que Dieu vous demandera compte de votre œuvre. On ne saurait leur prouver qu'ils se trompent, il est fortifiant de les croire.

Plus d'inégalités, point de bizarreries, de caprices, de lassitudes, d'affaissement; que la paix complaisante et douce soit reine en votre logis, vous voici en face de l'inconnu :

Un homme que chaque heure prépare, que chaque heure façonne déjà.

Entourez la mère de mille prévenances affectueuses. Il faut que son visage conserve, de l'aube au soir, du soir à l'aube, la grâce d'une sérénité riante.

Allégez son fardeau. Il faut qu'elle ait le temps de surprendre, qu'elle s'ingénie à satisfaire toutes les curiosités de son avide nourrisson..... Vous n'éloignerez point le berceau de votre couche. Les femmes mercenaires, à qui l'on confie les enfants, commencent la désorganisation de la famille.

La fraternité du lait est une invention aussi niaise que menteuse.

Il n'y a de vrais frères que les frères du ventre, et seulement s'ils reçoivent pendant de longues années, mêmes baisers, mêmes caresses, mêmes sévérités.

L'enfantement ne s'accomplit pas en quelques

heures. Il se prolonge quinze ans au moins. Il est, comme la conception, commun au père et à la mère.

Qui change ces lois impérieuses et saintes de la transmission de la vie, complète, prépare et consomme un avortement.

Heureux, heureux vous êtes mes Jacques, de n'avoir point l'argent qui permet de livrer à l'incurie d'autrui la noble tâche de la paternité !

Suivez-moi chez un riche, de ceux qu'on dit si pourvus des faveurs du siècle :

Madame est au lit... C'est un embarras. Cela dérange le train ordinaire de la maison... plus de visites, plus de réceptions pendant quelques jours.

Monsieur n'ira point au cercle, ni ce soir, ni demain peut-être.

Il négligera une affaire engagée... s'il la manque voilà quelques milliers de francs soustraits à l'actif de l'inventaire prochain... Aussi comme on se hâte d'abréger ce désarroi...

La layette est arrivée ce matin de chez une bonne faiseuse. Ce ne sont que mousselines, ce ne sont que dentelles, ce ne sont que rubans; qui se respecte sait se faire honneur même d'un ennui...

Le travail s'accomplit heureusement, voilà que l'héritier a salué d'un premier cri la lumière de ce monde...

Merci docteur, vous êtes un habile homme.

— Expédions le baptême. Vite, vite, à l'église... Monsieur le Curé, de, par vos *oremus*, faites-nous chrétien, nous ferons, nous, dignement les choses; nous sommes d'un monde où l'on sait vivre, vous le verrez au dîner de tantôt si vous daignez vous y asseoir.

— Vous, nourrice qui attendez depuis quinze jours ici, la venue de ce cher poupon, préparez-vous. La fête terminée, dès demain, emportez, emportez... Nous irons vous voir trois ou quatre fois l'an... Vous serez régulièrement et grassement payée... Nous subirons le sucre, le café, le savon, et le premier rire, et la première dent, et le premier pas; mais arrangez-vous pour nous rendre un enfant digne de l'argent qu'il va nous coûter, n'y épargnez ni vos veilles, ni vos soins.

Enfin! voilà qui est réglé. Les affaires du prince me réclament... Les clients s'impatientent... On ne m'a pas vu à la bourse... Ah! les grossesses... Ah! les accouchements... l'étrange manie qu'ont les femmes...

L'exilé vient de reparaître au logis paternel... Mais il regrette les champs, le chien, les oies, les poules... Les rustiques caresses du papa nourricier, les taloches de sa seconde mère... Il manque d'espace et d'air, il pleure après le soleil... Il crie, il braille, il hurle à tout propos, hors de propos...

Fi! l'odieux petit être, l'insupportable masque...

Accomplissez donc les obligations impérieuses

de la vie civilisée avec un pareil drôle à vos trousses... c'est à devenir fou! Merci aux honnêtes gens et merci à l'État qui ont prévu nos tribulations.

Mon chéri, dans un mois vous serez au collège... On en fait de charmants tout exprès pour les bonshommes comme vous... c'est une institution sublime! Que deviendrions-nous, bon Dieu! sans cette ingénieuse imagination? — Pourquoi l'État ne s'avise-t-il pas de vous porter dans ses flancs et d'accoucher de vous, agneaux trop aimés! que ce serait bien mieux ainsi.

Au collège, au collège!

Du petit, vous passerez au moyen, du moyen au grand, puis ailleurs encore. On vous nourrira, on vous habillera, on vous blanchira, on vous médicamentera et, par dessus tout, on vous éduquera comme il convient que le soit le jeune citoyen qui portera mon nom, comme le commande l'exactitude avec laquelle j'acquitterai les bordereaux, principal et menus frais...

Hélas! il est fait ainsi.

Les jolis oisifs qui battent l'asphalte des boulevards et qui courent les filles, ont tous passé par là. Les charmants délurés qui tripotent les affaires et visent à récolter rapidement de gros gains, ne viennent point d'ailleurs.

Aussi la famille se meurt! la famille est morte! Triples sots, les naïfs qui s'en étonnent.

Heureux! heureux vous êtes, mes Jacques, de n'avoir point l'argent qui permet de livrer à l'incurie d'autrui la noble tâche de la paternité...

J'ai voulu votre maison hors du rayonnement des becs de gaz, je vous ai recommandé de devenir d'intrépides marcheurs, vous comprenez maintenant pourquoi...

Il vous appartient de sauver la famille, vous le pouvez, vous le ferez.

Mon compère vous dira quelque jour comment on parachève un homme selon la volonté de celui qui donne les hommes à la terre. Nous allons causer de cela tandis que vous dormirez.

Au revoir, mes Jacques; que Dieu vous soutienne et vous aide, car je vous veux forts, car je vous veux résolus pour l'œuvre de salut à laquelle je vous convie.

VIII

As-tu remarqué, compère, que les arbrisseaux qui poussent le mieux sont ceux qui poussent en liberté; ceux qu'on se contente de défendre contre les accidents, ceux qu'on taille avec une retenue particulière, ceux qu'on laisse croître à peu près sous l'unique protection de dame Nature, sans les soumettre jamais aux caprices de nos théories, aux fantaisies de la mode.

Ils ont la grâce, ils ont la force.

Les fleurs qu'ils portent, en saison propice, tombent stériles ou fécondées dans une proportion mystérieusement équilibrée. Les fruits qu'ils donnent, un peu tardifs peut-être, sont savoureux entre tous.

Ils vivent sains et robustes suivant la loi de leur être.

Ils meurent à leur jour, après avoir fourni en progression régulière les récoltes qu'ils doivent.

Il en est ainsi des enfants.

Qui donc alors, mieux que le père et que la mère, saurait suivre avec sagesse le développement de ces arbustes.

No me réplique point : systèmes, méthodes, règles; de tout cela rien n'est complet, rien n'est parfait; tout est dangereux.

L'amour et la patience, voilà le système, voilà la méthode, voilà la règle par excellence.

L'amour a des inspirations qui ne viennent qu'à lui. La patience invente des moyens qui surmontent tout obstacle. Point d'esprit si rétif ou si borné qu'on le suppose qui ne leur cède.

C'est au contact des faits, c'est par ses rapports avec le milieu où il va vivre que l'enfant commence son trésor de savoir et d'idées; qu'il nous suffise de surveiller le milieu, de préparer les faits.

Quiconque tentera plus entassera certainement maladresses sur imprudences. De cent hommes qu'il s'agirait de mener à fruit, quatre-vingt-dix seront ainsi mutilés.

Au premier âge, et longtemps après, que rien

ne vienne blesser les sens. Ce sont instruments d'une délicatesse extrême. Il est fatal de les manier rudement, une brutalité peut les émousser et les voilà d'un usage défectueux.

On guérit un cœur endurci, on redresse difficilement un jugement faussé.

Un peu plus tard, quand la curiosité s'éveille, avide toujours et rassasiée jamais, que de sources autour de nous où nous pouvons puiser nos enseignements.

Mais qui donc, encore un coup, hors le père, hors la mère, trouvera en soi la complaisance aussi ingénieuse qu'infatigable qui devient alors nécessaire.

Compère, à propos de tout contons des histoires à l'enfant. — J'entends des histoires vraies, qu'il n'aura pas à oublier bientôt. — Conteurs, mes amis, le lutin vous lassera... Allez, allez, soyez féconds, variez la forme, assortissez les couleurs, prodiguez les images...

A propos du soleil? dites comment ses rayons échauffent la terre où les germes éclosent.

A propos des germes? expliquez les racines, les tiges, les feuilles... à propos des feuilles, les chenilles et les papillons s'offrent à vous pour vous conduire à la soie...

Par occasion saluez Jacquard! Une belle vie que la sienne à donner pour exemple...

Des chapeaux qu'il fabriqua quelque part il y a bien près pour causer des castors.

La foudre gronde, nommez Franklin, ce sage des sages au nouveau monde...

Il faudra bien que vous révéliez à qui va vous presser de questions, quelques-unes des merveilles de ce nouveau monde.

C'est un voyage à faire... Voici donc venir la vapeur et Papin et Fulton, les chemins de fer, le charbon, les mines et les mineurs...

Davy et sa lampe qui trouvent place ici nous amènent à l'air qu'on ne peut respirer, à celui qui nous fait vivre, où les oiseaux naviguent avec leurs ailes. Des oiseaux, nos bons amis, nos plus actifs serviteurs, au poème des nids que la transition est facile...

Où s'arrêter? Quand est-ce la fin?

Jamais tant que l'enfant ne saura lire, et il ne faut point se hâter.

Qu'il désire longtemps pour apprendre plus vite.

Un philosophe que j'ai connu jadis a enseigné pour les Jacques un moyen sûr de donner promptement et sans lassitude la science première.

Les pédagogues gourmés d'humanités ont beaucoup ri de Jacotot et les plaisants par imitation ont fait chorus. Son credo n'était pourtant point si comique : « Je crois que Dieu a créé l'âme humaine capable de s'instruire seule et sans maître. »

Il faut, mes Jacques, que ce credo-là soit le vôtre. Répétez-vous sans cesse cette belle formule d'affranchissement, méditez-la, appliquez-la.

Alors l'enseignement d'autrui se réduira pour vous à la lecture.

Le jour où vous aurez appris à regarder les faits qui se produisent autour de vous, le jour où vous aurez acquis l'habitude de les considérer sous toutes les faces et de les sonder en tous points à grands coups de : pourquoi? les faits que racontent les livres s'éclaireront pour vous d'une lumière soudaine.

Mais l'apprentissage de la volonté curieuse et patiente n'est point chose qui se fasse de prime-saut...

OEuvre lente, œuvre grave, œuvre délicate, œuvre du père, œuvre de la mère surtout!

Et toi aussi, vieux maître d'école à brevet qui

regarderais comme une profanation de déranger l'ordre solennel dans lequel nos pères nous ont légué l'alphabet, toi aussi, tu doutes... Je te vois sourire... Oh ! rage de professer, plaisir jaloux de formuler règles et exceptions, amour sacré de la syntaxe, qui nous débarrassera des entraves où vous empêtrez les écoliers.

Compère, si l'on t'avait laissé te rouler sur l'herbe à ta guise, te serais-tu planté sur tes pieds, un jour, et après mille culbutes aurais-tu enfin marché ?

— Sans doute...

— Alors, passe pour un bourrelet, mais pourquoi des lisières ? Que penserais-tu d'un forgeron qui doctement donnerait à un apprenti cette première leçon :

« L'enclume est une masse de fer fondu du « poids de cent à mille kilogrammes environ. Elle

« repose sur un bloc de bois très solidement assu-
« jetti dans le sol. La partie supérieure est plane.
« Elle est plus longue que large, l'un des bouts
« se termine en pointe... »

Eh ! mal avisé, fais-le d'abord forger, crierais-tu
à ce compagnon gourmé, fais-le forger, triple
pédant, et à force de forger il deviendra forgeron.

Ce serait parler d'or.

Je soutiens, si l'on m'a dit vrai, que les Anglais
ont raison contre nous quand ils se contentent de
s'assurer que les écoliers étudient, comprennent
et retiennent le livre qu'on leur a donné pour
maître.

Je soutiens qu'ils font ainsi des esprits préparés
de longue main à l'initiative et à la liberté, ce qui
n'est point à mépriser, ce qui nous manque à
nous.

La manière peut n'être pas mauvaise, tu daignes me l'accorder. Que deviendraient nos docteurs si on l'adoptait!...

Nos docteurs méditeraient plus et parleraient moins; le monde n'en irait que mieux.

Mais où nos Jacques prendront-ils les connaissances et le temps nécessaires à la tâche que je prétends leur imposer?

Misère que cet embarras :

Tu n'as donc jamais remarqué, compère, ce que les garçons et les filles de nos villes consomment de lectures malsaines dès l'enfance.

Vois ce qu'ils dévorent des yeux en cheminant vers l'atelier et durant le repas : c'est le récit imagé du dernier crime, ou le roman scandaleux du jour.

A l'heure présente, deux cents faiseurs de bonne marque, sans compter leurs gâcheurs, sont occupés à la fabrication d'histoires grotesques autant qu'odieuses, peuplées d'assassins, d'escrocs et de prostituées ; émaillées d'argot de bagne et bourrées d'adultères, de viols et autres régals de cour d'assises.

Tous ces récits qui suent le vice, débités en tranches quotidiennes par le journal du soir ou du matin, dépravent l'esprit des fils de nos Jacques et les éduquent en sacripants.

Aux heures si tristement employées à de telles lectures ajoute le temps perdu que prend la flânerie, la *flemme*, le cabaret, la pipe et les cartes, et mesure la charge de bons livres que nos Jacques pourraient lire.

Est-ce qu'ils manquent les bons livres?

Pas autant que ceux qui vendent les mauvais et ceux qui les achètent se plaisent à le répéter.

Depuis le *Magasin pittoresque*, cette encyclopédie ouverte, la science et l'histoire se sont mises, sous forme de livraisons à bon marché, à la portée de tous.

Donc la bibliothèque des Jacques serait déjà de composition et d'acquisition faciles, elle leur coûterait moins que les bombances de la barrière.

Que les Jacques recherchent les livres utiles, qu'ils les lisent, et bientôt tout homme de savoir tiendra à honneur d'écrire à leur intention.

Mais le temps d'apprendre, le temps de lire! Les Jacques auront déjà les cheveux gris, qu'ils ânonneront encore...

Ne te tourmente pas pour si peu, compère. Les jours sont longs durant six mois de l'année; nous ne sommes point pressés. Il ne s'agit pas pour nous d'enlever un diplôme, — à d'autres cette licence d'oublier. Nous voulons étudier toute la vie. Et puis ros fils seront mieux que nous préparés à s'instruire, si du matin au soir la mère, en travaillant, veut causer.

Le père a les veillées et les fêtes pour s'assurer, en causant aussi, des progrès accomplis.

Aux villages de nos Jacques, les femmes se

succéderont auprès de nos enfants, réunis dans la maison de l'une d'elles. Les grandes jeunes filles y viendront à leur aide...

Nous aurons ainsi l'école du premier âge, l'école maternelle qui remplacera heureusement l'asile, — une institution fâcheuse, née d'une charité mal entendue, qu'il faut respecter pourtant alors même qu'elle se trompe.

Attaquons résolument, compère, entravons sans ménagements tout secours, tout patronage qui favorise la dislocation de la famille.

Pendant trois cents jours et plus : le père à son travail, la mère au sien, les petits à l'asile, les plus âgés à l'école en attendant l'apprentissage qu'on se hâtera de commencer. Comme voilà les choses bien arrangées et que la nuit est une belle heure pour la vie commune !

Ah ! Dieu soit loué, compère, la révolution

industrielle ouverte avec le siècle touche à son couronnement.

L'emploi des grandes forces récemment asservies, a tué l'atelier rural, celui qui, à cent pas de la chaumière, représentait encore la famille, autre foyer domestique, un peu élargi seulement et que la corruption épargnait.

Les forces moyennes plus récemment obtenues, celles moindres qui vont se révéler nous rendront bientôt ce précieux atelier.

Ce jour-là, compère, les inventeurs pourront se reposer. Le monde sera sauvé du communitarisme où le poussent, sans le savoir peut-être, les hommes qui trafiquent et les hommes qui gouvernent.

Qu'il vienne donc ce jour, où grâce à la vertu prolifique de la science, chaque maison aura, au service de chacun, un moteur à bon marché, d'une direction facile, d'un volume réduit, et en moins de vingt ans le monde sera régénéré.

La liberté cessera alors d'être une aspiration incessante des petits, une concession forcée des grands.

Il n'y aura plus ni grands, ni petits.

Le travailleur affranchi n'étant plus ce qu'il est, un rouage d'usine redeviendra un homme...

Nos Jacques, tour à tour, avec leurs femmes et leurs filles, avec leurs fils aînés, trouveront le temps de se faire maîtres d'école.

Au moins, ils sauront surveiller, diriger, inspirer celui qu'ils auront choisi, car il faut que le maître soit l'élu des pères. C'est un droit qu'on n'osera leur contester le jour qu'ils seront dignes de l'exercer.

La maison d'école autant que la maison commune est dépendance naturelle du foyer de chacun.

Se peut-il que nous en soyons encore à défendre de telles vérités ! C'est aux Jacques de les affirmer.

Je ne sais de quoi les gouvernements s'ingèrent avec leurs programmes officiels et leurs méthodes brevetées. Tout ce bagage-là paralyse plus d'une intelligence et ne sauve pas les paresseux.

L'autorité est vraiment trop serviable. Il me déplaît de la sentir sans cesse à mes côtés, toujours prête à se substituer à moi dans l'accomplissement du plus impérieux et du plus doux de mes devoirs.

Suis-je donc un père si maladroit ou bien un père indigne qu'il faille pour le salut public me réduire à l'inaction.

Passe encore si les hommes commis aux soins de l'instruction publique n'avaient jamais d'autres soucis, ni d'autres ambitions. Hélas! qui ne sait le contraire.

Je me sens monter aux lèvres des apostrophes mal sonnantes, quand je pense que les ministres qui s'y sont succédé ont affiché depuis longtemps les intentions les plus louables et que les travaux de Froebel, dont je te dois la révélation, compère, sont encore, à peu près inconnus, en France.

IX

Il n'y aura plus ni grands, ni petits, ai-je dit.

Compère, il n'y a déjà plus, ni grands, ni petits.

Si l'égalité, partout inscrite dans nos codes, n'est point encore entrée plus avant dans nos mœurs, la faute en est à vous les Jacques.

Quelques-uns, entraînés par une ambition imbécile, consacrent toute leur activité, dépensent toute leur énergie, pour sortir du milieu où ils sont nés. Ils aspirent follement aux sommets, croyant grandir, s'ils montent. La lutte est toujours longue, énervante, périlleuse pour l'honneur. En somme, c'est usés et amoindris qu'ils arrivent à gravir quelques degrés quand ils y arrivent.

Beaucoup d'autres alléguant leur impuissance, la brièveté de la vie, l'inique répartition des faveurs de la fortune, la fatalité qui semble présider au classement des hommes se réfugient dans l'indifférence, ou vont sans vergogne jusqu'à la turpitude.

Ils lâchent la bride à la bête, satisfont tous ses appétits, la gorgent, la soûlent tant et si bien, que l'âme, enfermée dans pareil bouge, ne se sent ni ne se reconnaît. Elle ne peut rien entrevoir des destinées de notre monde, elle ignore à toujours pour quelles fins elle a été envoyée ici et remonte un jour vers le mystérieux éternel, sans avoir fait œuvre qui l'ait révélée à elle-même.

Mais imprudents que la faim sollicite, mais lâches à qui la pauvreté casse les bras, mais orgueilleux d'en bas d'aussi misérable acabit que les orgueilleux d'en haut, quels biens véritables sont donc aux riches qui ne sont point à vous !

Depuis quand ce vieil adage « le soleil luit pour tout le monde » n'est-il plus qu'un propos de mauvais plaisant ?

Depuis quand la nature a-t-elle moins de beautés et moins de complaisances pour vous que pour les riches ?

N'avez-vous pas comme eux, plus qu'eux peut-être, le pouvoir d'aimer ?

Si leur table est mieux servie que la vôtre, ils ne s'y asseyent que déjà rassasiés, et l'on a dû inventer pour eux mille ingrédients détestables.

Leur cave est abondamment fournie de vins rares, hors de prix, mais ils ne savent pas déguster un verre d'eau.

Ils ont chevaux et voitures, vous marchez

allégrement et la marche vous repose. Ils ont des serviteurs, ce sont importuns et fâcheux. Heureux je vous tiens d'en être réduits à vous servir vous-mêmes.

Vous ne pouvez aller aux bibliothèques, les bibliothèques commencent à venir à vous.

Est-ce donc que la main qui bat l'enclume ce matin sera indigne d'ouvrir un livre ce soir?

Qui vous interdit de chercher l'élévation des sentiments et de vous plaire à la noblesse du langage? quelle page éloquente deviendra soudain blanche et muette sous vos doigts?

Les musées vous sont ouverts, charbonnier y est chez lui. Si vous n'y jouissez point des belles œuvres, c'est que vous avez des yeux pour ne point voir. Il y a des milliers de riches aussi impuissants que vous.

Regardez, comparez, regardez encore; chaque dimanche qui vous appartient retournez pour regarder toujours et le voile tombera.

Presque tous les grands maîtres sortent de vos rangs;

Tout artiste est un ouvrier qui s'est élevé du métier jusqu'à l'art ; soyez fiers de sa gloire.

La musique vous plairait, écoutez les merles, les fauvettes, le rossignol. Attirez-les autour de votre logis, ils prendront confiance et chanteront pour vous leurs plus joyeuses chansons. Faites chanter vos enfants, chantez vous-même avec eux.

Il y a plus de quarante ans qu'un doux esprit, l'ingénieux Galin, vous a conviés aux pures jouissances de l'harmonie. La routine n'a point manqué de l'injurier au passage.

Si vous ignorez ce bienfait, c'est qu'il vous a plu de vous écarter des lieux où s'élaborent les œuvres saines.

De quoi vous plaindriez-vous, les Jacques ? Assez de récriminations.

Vous êtes fatalement des travailleurs ; où le mal en cette fatalité ?

Le travail n'abrutit pas, quoi qu'en disent les tribuns de carrefour. C'est le mauvais emploi de vos loisirs, ou l'inertie de votre repos qui vous classe et vous rend inférieurs à tous ceux qui s'instruisent et qui pensent, — un homme vaut un homme et partout et toujours. Mais encore faut-il être un homme.

Êtes-vous, enfin, amoureux d'un labeur honnête et régulier, économes de votre santé, avares de vos attachements, solides en l'amitié, morts à l'envie, charitables envers qui s'égare, prompts au pardon, indulgents pour tous, sévères dans vos mœurs, respectueux pour votre habit et contents de votre sort?...

Ne baissez alors les yeux devant personne, c'est votre droit. Nul ne vous le contestera ce droit, et les gens de cœur l'affirmeront en venant fraternellement à vous.

Contenez vos besoins au niveau de vos profits. La sobriété en toutes choses, est une source de richesses que ne tariront ni les révolutions, ni les chômages; point de voleurs contre ces richesses-là.

En vérité quand je vous vois embarrasser votre vie de désirs jaloux, je me demande par quelle infirmité vous voyez si mal, vous appréciez si peu tous les biens qui sont vôtres.

Vous vous dites déshérités...

Vous, déshérités! oui, des soucis de l'ambition, des déceptions de l'orgueil, des colères sourdes qui possèdent ceux qui chassent aux honneurs.

Vous, déshérités! oui, des inquiétudes de déplaire au prince, du fardeau des échéances, de l'effroi d'un conflit politique, de la peur d'un coup de vent, d'un incendie, d'une faillite, d'une baisse...

Vous, déshérités! vous choisissez au milieu des vôtres, le métier qui vous attire.

Habiles on vous recherche, vous dictez les conditions, vous faites la loi au capital qui se soumet.

C.

Économes, vous travaillez où et quand il vous plaît, vous changez de maîtres au gré de vos sympathies ou de vos intérêts.

L'imprévoyance seule vous rive à la chaîne dont s'indignent vos flatteurs.

Déshérités! vous épousez sans souci de la dot et des espérances.

Que vous fait, à vous, l'âge et la santé des parents. Plus la famille qui vous adopte est nombreuse, plus vous pouvez en ressentir de joie.

Vos enfants grandissent autour de vous, et l'un élève l'autre.

La mort vous prend debout au milieu d'eux, augmentés des leurs, pour qui le grand-père est objet de vénération.

Et ne murmurez point que je rêve tout éveillé.

La vie se déroule ainsi que je viens de le dire pour tous les Jacques qui se sont respectés. Les douleurs, les misères, la plupart des maladies qui frappent bon nombre parmi vous sont fruits de votre mauvaise jeunesse... Qui sème des orties ne saurait recueillir des roses.

Je ne vous prêche pas le renoncement, la modération me suffit, à moi. La modération vis-à-vis de toutes choses, celle qui ne dépasse point la force humaine, hors pourtant vis-à-vis du cabaret que vous ne fuirez jamais assez.

J'y reviens et tant que j'aurai un souffle j'y reviendrai. Cavernes empoisonnées! officines de dépravation! boutiques où l'on vend la mort! Quand verrai-je les champignons et les mousses dévorer vos hideuses murailles!

Un mot encore sur ces choses-là, mon Jacques.

Vous regrettez l'estime publique, la considération, le respect, la gloire, que je semble vous refuser.

Laissons la gloire, une grandiose folie, mais une folie.

L'estime publique, la considération, le respect se recueillent fleur à fleur dans le cours d'une longue vie ; mais, il y faut, l'honnêteté, l'honnêteté utile pour compagne de voyage.

Tenez pour un moment abandonnons ici nos guenilles humaines... fermons les yeux, dormons, et durant ce sommeil que vos esprits suivent le mien...

J'ai une vision :

A travers les murs qui sont là-bas, là-bas, au fond de l'horizon, regardez au trentième étau, sous le meilleur jour à la place d'honneur voici qu'apparaît un beau vieillard.

Le front éclairé sous l'argent de ses cheveux, ferme encore sur les hanches, il marche d'un pas un peu lent mais assuré... toutes les têtes se découvrent, quelques mains posent l'outil pour presser la sienne... Il sourit à ce précieux salut, et dans ses regards pleins de lumière, rayonne une joie reconnaissante...

Il arrive... Depuis une semaine un malaise le retenait au foyer. Sa tâche est faite pourtant, très bien faite !

Ils ont travaillé pour lui — avec quel empressement ! avec quel bonheur ! eux, ses compagnons, ses fils, ses petits-fils de l'atelier !

Ils se sont surpassés, car on l'aime et d'une vaillante affection...

C'est que depuis quarante ans il est l'honneur de tous en ces lieux :

Les apprentis lui soumettent leurs essais, un compliment de lui double leur ardeur.

Les plus habiles le consultent.

Point de dispute qu'il n'arrète. — Il est le juge élu de toutes les querelles.

Ceux qu'il recherche se sentent honorés, ceux qu'il évite sont pris de malehonte...

Le patron a pour lui des attentions particulières, des paroles où les égards qu'il mérite s'accusent avec complaisance.

On ne le nomme que Monsieur Richard, ou encore le Père Richard.

Le Père : c'est-à-dire le juste, le grave, l'indulgent, le patient, le parfaitement bon, le parfaitement digne! Richard : une dérision du sort, car il a toujours été pauvre; mais d'une pauvreté décente et dont il a su se faire un titre à l'estime plus grande.

Il ira ainsi jusqu'à sa dernière heure — alors des bras amis le porteront à la tombe. — Le cortège suivra, navré, silencieux, recueilli, sous le poids d'une vraie douleur, et les larmes seront sincères... Sa place restera vide quelques jours... puis le plus respecté s'y établira comme dans un héritage envié, car bonne renommée doit grandir encore à l'étau du Père Richard.

Vous voulez, mes Jacques, le respect et la considération. Suivez en braves le chemin de ce vétéran du travail et n'enviez point le cercueil des plus grands de la terre.

Il n'y a qu'une porte pour sortir de ce monde. Chacun, qui vient la heurter à son tour, laisse sur le seuil titres et dignités. Nous sommes arrivés nus, nous partons dépouillés, hors de nos œuvres folles ou sages, inutiles ou vaines.

X

Hier le cordonnier qui me chausse a enveloppé dans un journal une belle paire de souliers que je me suis donnée pour mes étrennes. De superbes souliers, empeigne souple, semelle solide et battue à plein poignet, point trop chargée de clous afin de ne pas me blesser les pieds; car je suis précautionneux pour mes pieds comme pour mes mains autant qu'homme du monde.

Certains me plaisantent là-dessus, ils ont tort.

Mes pieds et mes mains sont biens sur quoi s'hypothèquent tous mes revenus. Je serais donc un sot d'en mal user, aussi sot que le menuisier qui pousserait son rabot sur une planche de fer.

Je lis volontiers les feuilles quotidiennes; ce n'est pas pour y ramasser des opinions toutes faites sur les événements — réfléchir me va mieux — mais je suis curieux des avis que les gens bien pensants et les humanitaires de toute étoffe s'imaginent, tour à tour, d'ouvrir sur nos besoins.

Aussi ai-je conservé le journal de mon cordonnier et voici ce que j'y ai trouvé : « Internats pour les jeunes garçons d'ouvriers, de petits employés, de petits marchands...

Or écoutez, les Jacques — La chose vous intéresse, comme vous pouvez voir à l'enseigne.

« Les petits marchands, petits bourgeois, et ouvriers n'ont aucun internat pour leurs enfants... Cependant aucune partie de la population n'a besoin, au même degré, pour le bien-être des enfants de les faire élever en dehors de la famille, et de l'habitation de la famille. »

Par saint Crépin! Cela est imprimé au journal dont mon cordonnier gratifie ses pratiques. — Le *Moniteur*, s'il vous plaît! Un papier sérieux, réputé sage, qui ne se pique point de courir les aventures en compagnie des faiseurs de projets.

Oh! Philanthropie! jusqu'où peut s'égarer votre zèle charitable!

Il ne serait point honnête d'en vouloir au brave homme qui daigne s'occuper de vous, les Jacques; mais après l'avoir remercié comme il convient de sa commisération mal inspirée, éconduisez-le poliment.

Il n'a point eu, je crois, mauvaise intention. Sa bonne foi est hors de cause ici; cependant il vous nuirait plus que nul ennemi que vous ayez au monde.

Quoi! vous voilà bel et bien déclarés incapables de garder vos enfants chez vous, pour cause d'insuffisance de logis d'abord, et ensuite parce que vous êtes des ignorants.

Quelqu'un, que vous paierez un peu, et à qui la générosité publique viendra en aide se chargera de faire de vos fils des citoyens purs de mœurs et savants. Pour vous, mes Jacques, consommez le sacrifice en gens qui savent apprécier un service.

Sans hésiter, séparez les garçons de leur mère, de leurs sœurs, des grands parents et enfermez-les aux internats. Il le faut absolument dans l'intérêt de la santé, de l'intelligence, de la pureté de ces bien-aimés.

Chez vous, on le voit de reste, vous en feriez des rachitiques, des dépravés, des imbéciles !

Vous avez beau répliquer : que vous n'avez nul besoin de l'internat, qu'il vous plaît de retrouver chaque soir, tassés contre les cotillons de la maman, les marmots pour qui vous travaillez et qui vous paient en baisers comptant vos fatigues du jour... Ces baisers-là sont salutaires, vous y tenez, ils vous réconfortent...

Sentiment que ces propos; on fait appel à votre

raison et vous vous avisez de laisser chanter votre
cœur!

Mon compère, non plus, n'est point satisfait.

Je l'ai trouvé d'une humeur de dogue à jeun.
Comme j'allais lui dévider l'éloge de mon journal,
il m'a clos la bouche aussitôt : multipliez les
externats, s'est-il écrié, ouvrez des cours libres,
vous n'en ouvrirez jamais assez; donnez des
leçons publiques, vous n'en donnerez jamais trop ;
confiez l'enseignement à des pédagogues assez
pénétrés de leur mission pour ne point la réduire
au niveau d'un métier; qu'ils soient savants et
surtout d'une science patiente et familière ; hono-
rez-les en toute circonstance, relevez sans cesse le
plus humble d'entr'eux aux yeux de vos enfants, et
vous ferez de nos jeunes hommes une génération
affranchie de l'ignorance et solidement armée
contre les préjugés.

Mais au nom de Dieu, qui nous les donne comme une consolation, mieux que cela, comme une récompense, laissez près de nous nos fils et nos filles, le plus qu'il se pourra.

Vous invoquez leur bien-être; avec l'argent que me coûterait le droit de les interner me sera-t-il donc si difficile de disposer pour eux, sous mon toit, un réduit qu'ils aimeront.

Vous vous préoccupez de leur santé; placez les écoles à la circonférence des villes afin qu'elles soient accessibles à ceux du dehors autant qu'à ceux du dedans. La course qu'il leur faudra faire pour s'y rendre et pour en revenir, assurera cette santé qui vous met en souci.

J'ai souvenir du temps où, chaque matin, je faisais trois kilomètres pour aller chercher les corrections d'un vieux maître, qui ne me les épargnait point.

J'arrivais gaîment, mon panier sur l'épaule au bout d'un beau bâton. J'avais contre l'hiver aux pieds de chaudes galoches, sur le dos ma limousine et je repartais non moins gaîment le soir.

Pour vous rassurer sur mes souffrances, en ces beaux ans de ma première jeunesse, il vous aurait suffi de me regarder souper et de m'aller voir dormir.

Quant aux mœurs que le contact permanent avec la famille semble, selon vous, mettre en péril, redoutez plutôt les ennuis de la claustration.

Sur ce chapitre, si vous tenez à être bien renseignés, interrogez donc, mais en tête à tête, ceux qui ont passé par les internats où sont élevés les enfants des riches. Ouvrez l'enquête auprès des hommes dévoués qui surveillent l'intérieur de ces quasi-prisons : ils vous diront ce qui les préoccupe par dessus tout; et — s'ils sont sincères — vous serez épouvantés de leurs confidences.

Que le médecin, que le prêtre veuillent à leur tour s'ouvrir à vous, au nom de la pudeur si rudement éprouvée vous demanderez la suppression de tous les internats.

Çà, nos filles, qu'en ordonne le projet? Elles n'existent pas pour lui et peuvent donc rester exposées aux inconvénients du foyer paternel!

Quant à la science... à quoi bon? Moins elles savent, plus elles valent! L'ignorance est la sauvegarde de leur soumission et de leur innocence.

Molière nous a démontré la chose, en philosophe qui s'y connaissait.

Oh! la belle France que vous nous donneriez si l'on vous y aidait.

Internats pour ceux-ci qui sont riches, — internats pour ceux-là qui le sont moins — internats pour d'autres qui n'ont rien — internats pour quelques-uns encore.

Que les citoyens qui en sortiront seront bien préparés à la pratique de l'égalité conquise par leurs pères!

Avec quelle unité de vues, d'opinions, de soucis, avec quel commun amour de la commune patrie ils viendront à leur tour faire acte de souverain !

Vous ne voyez donc pas, imprudents, se perpétuer, grâce à votre œuvre, les rivalités de classe, les haines, les guerres civiles.

Si vous avez vraiment à cœur de nous élever un peuple de frères, quintuplez les écoles où, durant quelques heures chaque jour, les enfants de tous s'en viendront prendre, ensemble, l'enseignement de maîtres choisis et respectés.

Pour le reste, remettez-vous-en au père et à la

mère. Ils n'ont déjà que trop de tendance à s'affranchir des devoirs que le mariage leur impose.

Autre péril : interner les garçons, interner les filles, jusque tout proche l'heure de les unir, ne voyez-vous pas, gens qui nous inventez de si belles choses, que c'est répéter bêtement la vieille histoire des oies du père Philippe.

Il n'y a point de milieu possible à cette prudente éducation, pour les adolescents niaiserie ou dépravation.

Nul moyen de l'apaiser mon compère, mes Jacques; j'ai eu beau lui représenter que l'inventeur du projet pourrait bien n'être pas aussi mal inspiré qu'il en a l'air, que ce ne serait pas un grand malheur de vous voir, la nourrice aidant, débarrassés de la marmaille.

La vie est courte, pas commode pour vous; or, c'est payer cher le droit de faire des enfants que de pourvoir, par le menu, aux embarras qu'ils donnent. Eux éloignés, vous gagneriez plus commodément l'argent qu'ils mangent. Ils ont si vite des dents.

Avec eux, point de distraction, point de repos qui ne soit réglé à leur intention.

Sans eux vous avez licence de vous croire perpétuellement en lune de miel, comme si vous étiez mariés d'hier.

Point de fête que vous hésitiez à vous donner. Plus de souci de leur habit, de leurs jeux, de leur langage, de leurs habitudes, de leur caractère.

On vous les rendra dressés, parfaits; vous paierez pour cette besogne de respectables personnages, tout à fait détachés des choses de ce monde, sans cesse en éveil, et qui n'auront, par grâce spéciale, ni fatigues, ni oublis, ni dégoûts.

Votre femme se sent-elle quelque penchant à la galanterie, si vous n'êtes point un sot qui la tracasse pour des vétilles, elle obéira, sans scandale, à son penchant; vous ferez de même à l'occasion.

Époux indulgents et sages vous prendrez, sans vous contraindre en rien, l'existence par ses bons côtés, et vous arriverez ensemble à la vieillesse, sans que l'un songe à jeter à l'autre la première pierre.

Il en serait tout autrement si les enfants demeuraient au logis.

Les diables en font vite un enfer... Ils ont des yeux et des oreilles d'une délicatesse incroyable... Leur curiosité maligne n'est jamais oisive. C'est vous, toujours vous d'abord qu'ils regardent, qu'ils écoutent; en attendant qu'ils vous jugent, car ils vont jusque-là.

Quelle gêne de toutes les heures;...

Quel frein pour qui ne se sent pas d'humeur à braver le qu'en dira-t-on.

Morbleu! ne pouvoir aller, venir, parler, rire, sans se pincer aussitôt, par respect pour ces singes mignons; cela ferait aimer le célibat.

Décidément, les internats ne sont point tant à décrier.

Les riches s'en trouvent bien et vous ne sauriez

manquer de vous en trouver mieux vous, les Jacques.

Cependant, mon compère ne veut pas se rendre. Il continue : que la famille succomberait parmi vous, sous ce bienfait funeste, et que la France suivrait de près la famille.

Les Jacques, croyez-en mon compère; c'est un vieux magister qui connaît son métier.

Il a beaucoup vu. Il ne nous dit pas tout ce qu'il sait.

XI

Mes Jacques, nous allons un peu parler politique.

Ni beaucoup, ni longtemps, car soit dit entre
nous, et de façon à ce que certains, qui se tar-
guent d'être de vos amis, ne m'entendent pas, le
contrôle des affaires de l'État n'est point du tout
votre fait.

Voilà mon compère qui s'indigne encore.

Il crie au blasphème! Ne vous alarmez point de

cette émotion très respectable, mais aveugle.

Mon compère n'admettra jamais que la république ne soit pas la forme sociale par excellence et la source féconde de tous les progrès.

Il a été battu jadis sur ce terrain-là, il a même un peu payé l'amende, et il n'est pas content.

Il ne sait point renoncer à ses espérances, non plus qu'à ses rancunes, qui sont pourtant mauvaises conseillères pour juger sainement des choses du temps.

A son âge on ne se refait guère; laissez-le donc maugréer contre moi qui donnerais volontiers la plus glorieuse république pour la liberté.

Nous nous querellerions sans trêve sur ce chapitre et rien n'en sortirait qui puisse réellement servir à votre bonheur. Aussi je tiens de tels débats pour oiseux sinon pour dangereux; au nom de la haute raison que je vous souhaite, ne vous y livrez point.

Suivez votre route sans vous arrêter aux lamentations des adorateurs du passé, gardez-vous de vous laisser étourdir par les clameurs des impatients qui veulent escompter l'avenir, accomplissez simplement les devoirs de citoyen que vous impose la loi du jour.

Droit divin, fictions constitutionnelles, empire libéral, gouvernement direct du peuple, à quoi reviendrons-nous? Vers quoi marchons-nous?

Voilà ce que ni vous, ni moi ne savons et ce qu'il nous importe peu de savoir.

Les Icariens, les Phalanstériens, les Saints-Simoniens avaient-ils trouvé le dernier mot de la science sur nos destinées sociales? L'une de ces écoles modernes reparaîtra-t-elle un jour en tête du mouvement pour conduire l'humanité à son harmonie suprême.

Voilà encore ce que nous ne savons ni vous, ni moi, et ce qu'il nous importe peu de savoir.

Entre nous toujours, c'est pure utopie que vouloir rédiger le *codex* social. Chartes, déclarations, constitutions ne seront jamais que l'œuvre d'un temps — œuvre insuffisante devant l'avenir.

Bien fou qui prétend à prévoir, régler, cataloguer, numéroter une fois pour toutes nos droits et nos devoirs civiques. Le plus prudent, le plus judicieux, ne réussirait qu'à faire tourner son pays dans le cercle de la félicité, comme le cheval aveuglé tourne dans le manège.

Un bonheur aussi dangereux n'est point à redouter, mes Jacques ; car depuis Lycurgue, depuis Socrate, depuis Platon, en comptant Morus, La Boétie, Campanella, et jusqu'à l'innocent Cabet, les plus énergiques chercheurs, les plus larges intelligences, les hommes les mieux inspirés, les plus clairvoyants, n'ont jamais pu dépasser certaine limite — au delà l'impénétrable inconnu. Il ne faut point s'en étonner ; l'esprit ne reçoit son impulsion que des sens et les sens sont bornés.

L'âme, ce quelque chose en nous, de nous, qui semble avoir souvenir d'un monde autre, qui aspire à y retourner, l'âme, dis-je, empêtrée, mal à son aise, dans la pauvre machine où commandent si brutalement les intestins, l'âme, mécontente et troublée quand elle se met en quête de la perfection, rencontre où qu'elle regarde un étroit horizon.

Cet horizon-là ne restera pas celui de vos petits-enfants, ni celui de leurs arrière-petits-enfants.

Le leur sera sinon plus large, au moins différent.

Chaque trouvaille faite par la science humaine déplace le point d'arrêt de notre destinée.

Une machine inventée, une force asservie, en voilà pour un siècle d'évolution dans l'ordre social.

Que de machines on inventera, que de forces on asservira et que de fois les rapports des hommes se modifieront encore.

Les lois éternelles de la morale seules ne changent pas.

Aussi mes Jacques vivez en elles, vivez par elles.

Elles vous guideront sûrement; si vous ne vous écartez point de leur lumière, il est impossible que vous vous égariez.

Vous êtes d'hier le souverain.

C'est-à-dire que, directement ou non, toute délégation de pouvoir vous appartient. Usez donc des libertés que vous possédez déjà pour conquérir patiemment celles qui vous manquent encore.

Ce ne sont point ces dernières qui vous font esclaves des maîtres qu'un coup de tonnerre peut vous donner pour quelques jours; mais bien le mauvais usage que vous faites des autres.

J'ai pris ceci pour vous dans une de mes lectures du soir :

« La liberté s'obtient lentement par une revendication constante et pacifique. Elle est le prix coûteux et naturel du progrès des lumières et de la dignité humaine reconquise.

Plus on sait, plus on vaut, plus on est digne d'être libre. Et la liberté qu'on mérite est un dû que nul gouvernement ne saurait refuser long-temps. »

Sainement pensé! sagement dit!

Vous avez, les Jacques, le choix des hommes.

Rien de plus ne vous est nécessaire pour mener la France où vous voudrez, comme vous voudrez.

Sous prétexte que vous n'avez point le loisir de rechercher les mérites de ceux qui aspirent à vous servir, n'allez pas abdiquer vos droits, renoncer à vos devoirs et laisser le champ libre aux intrigants.

A certains signes, qui frappent les yeux de l'honnête homme, un honnête homme se reconnaît infailliblement. Prenez d'ailleurs vos élus auprès de vous, en attendant que vous puissiez les prendre parmi vous; cela se pourra quand vous serez devenus les Jacques que je pressens, les Jacques que je veux; mais cela ne se pourra qu'alors car nul qui sera sorti de vos rangs ne se montrera indigne de la mission confiée à son honneur.

Elle est si simple cette mission!

Les maximes qui la doivent éclairer ne sont autres que celles qui doivent guider la vie du plus humble d'entre vous.

Contrairement à ce que prétendent de menteuses doctrines, l'administration de la patrie, pour être loyale et sage, n'a point à chercher d'autres lois que celles qui servent à assurer le bonheur de la famille.

Il faut des hommes habiles à la tête du pays,

dit-on; prouvez que d'honnêtes gens suffisent.

Quelqu'un a écrit :

« Un peuple n'a jamais que le gouvernement qu'il mérite. »

Vérité sévère, mais vérité incontestable.

De quoi voulez-vous que le sage s'étonne quand il vous voit aussitôt mécontents de ceux à qui vous venez de confier les affaires publiques...

Vous vous rendez un dimanche à la maison commune, vous y déposez votre bulletin pris au hasard des rencontres, d'une main ou d'une autre, puis vous entrez au cabaret pour y attendre le résultat de ce grand devoir si dignement accompli.

Auparavant il a fallu se consulter, écouter le pour et le contre, prendre un parti; vous ne pouviez vous réunir sans boire un coup, mais une politesse appelle l'autre; chacun a payé sa tournée.

C'est à demi ivres que vous avez arrêté vos préférences. Le beau juge des bons conseils qu'un sac à vin !

Aussi que les entraîneurs ont avec vous libre jeu.

Comme on vous voit, troupe égarée, marcher d'ensemble au sacrifice de la liberté !

Dès demain vous crierez...

Rentrez chez vous brutes; en voilà pour quelques années.

Si les choses vont mal à votre gré ne vous en prenez qu'à votre indignité et préparez-vous à mieux faire.

Pour mesurer la valeur et la moralité des hommes il faut une lucidité d'esprit que vous n'avez pas, une pureté de mœurs qui vous donne à rire, une élévation de cœur dont vos habitudes vous éloignent.

De quel droit exigerez-vous de vos mandataires des vertus que vous ne pratiquez pas.

S'agit-il de pourvoir à quelque fonction publique qui relève de vous, craignez, par-dessus tout, ceux qui vous flattent et, quelle que soit leur habileté au maniement des affaires, écartez-les.

C'est à la simplicité du discours, c'est à la sobriété des promesses que vous apprécierez le sérieux des engagements.

Ayez souci que vos élus sachent mieux écouter que bien discourir et préférez en eux la droiture à l'adresse.

Qui se déclare trop honoré de votre choix, — qui se met sans réserve à vos ordres, — qui prescrit par avance remèdes à tous vos maux, — qui dépasse vos propres vœux, se leurre ou vous trompe.

C'est près de vous, je vous le répète, que vous devez chercher l'homme qu'il vous faut.

Il existe, mais il s'ignore; prenez la peine de le tirer de son obscurité.

Sans fausse modestie, il se plait dans l'ombre et n'en sortira point sans vous résister.

Il a son chez soi qu'il quitte rarement, quelques amis sont les seuls confidents de sa raison.

Il ne déclame pas de harangues sur la place publique; mais il donne nettement, sans réticences, son avis sur toutes choses à quiconque le sollicite.

Il a un métier, une profession, qui lui fournit le nécessaire.

Il la quittera à regret. Il y reviendra avec joie, car il lui doit l'indépendance qui est le plus précieux de ses biens.

Il est le chef honoré d'une famille qui vit sous sa paternelle autorité, unie, paisible, serviable, heureuse.

Il a une femme qu'il aime et qu'il respecte, des enfants qu'il adore et qu'il élève près de lui. Les vieux parents sont les demi-dieux protecteurs de son foyer.

Exempt d'avarice il ne dépense point cependant tout ce qu'il gagne. S'il aide de sa bourse il soutient de ses conseils et les services qu'il se plaît à rendre sont doublés par la délicatesse qu'il y met et les bonnes paroles qu'il y joint.

Il a l'esprit juste, le jugement sévère, le cœur indulgent.

Personne ne pense à lui, nommez-le toutes les mains applaudiront; car la probité, la dignité, la simplicité s'imposent jusqu'aux méchants.

Il y a des hommes que la calomnie ne songe

même pas à atteindre, il est de ces hommes-là.

N'ajoutez foi à ses répugnances; il sera à la hauteur de sa tâche, quoi qu'il en dise, il s'y mettra par amour du devoir avec la même diligence qu'il apporte à tout ce qu'il entreprend.

À votre tour, les Jacques, devenez dignes qu'un tel citoyen consente à vous servir.

Si vous vous élevez jusque-là dans le respect de vous-même vos erreurs n'auront plus de conséquences fâcheuses. Votre choix ne s'égarera jamais, car les bavards, les vaniteux, les cupides et les ambitieux cesseront de briguer vos suffrages.

Maîtres de votre raison, vous serez vraiment le souverain, le souverain respectable et redouté. N'ayez souci alors de la liberté, vous l'aurez pleine; nul n'oserait vous la contester. La restreindre est une idée qui ne viendra à personne.

Il faudrait l'excuse du repos public et vous serez devenus le plus ferme appui du repos public.

Le gouvernement sera donc parfait quand vous voudrez ; sa perfection doit sortir de vous.

XII

Rompez énergiquement, les Jacques, avec la funeste coutume de *faire le lundi*.

Un trop grand nombre parmi vous, qui se croient de bons ouvriers, des travailleurs enragés, tiennent sans quitter l'outil quinze jours durant, tout d'une traite un mois souvent. Ils surmènent la bête, ils l'écrasent, ils l'échinent.

A un moment donné, facile à prévoir, la bête se venge ; elle les emporte.

Irritée par les privations elle veut jouir. Pour faire contre-poids au repos dont ils l'ont sevrée, repos auquel elle avait droit et qu'elle eût pris sagement, elle se vautre, elle court des bordées.

Cet égarement dépasse le lundi, il dure deux jours, trois jours, plus encore, ce que dure l'argent, et l'argent dure trop en ces moments-là.

Cependant comme il file avec la santé!

Pour prendre l'horreur d'un aussi fatal désordre il suffit de voir rentrer les malheureux qui s'y sont livrés.

Mécontents, rompus, abrutis, ils reviennent à l'atelier avec la belle humeur d'une chienne en folie que la fatigue et la faim ramènent au chenil.

Rien n'est plus réparateur que la trêve du dimanche consacrée aux satisfactions de l'esprit, à des travaux attrayants, ou à des récréations avouables.

Peiner avec acharnement ne vaut pas mieux que s'ébattre sans règle. Il n'y a que petit feu qui dure.

Après ces excès de travail, suivis d'excès de plaisir — et quel plaisir! — croyez-vous, les Jacques, rester l'homme que Dieu a fait à sa ressemblance? Vous vous rapprochez de cet homme-là comme les images d'Épinal se rapprochent des peintures de Raphaël.

A ce métier, contre lequel se défendrait une bête de somme, personne ne trouve profit.

Le maître y perd, car vous lui faites lentement chétive besogne.

Ceux qui attendent de vous le pain quotidien courent le danger d'un jeûne forcé, car vous semez en quelques heures le plus net de votre épargne chez les marchands de vin.

Eux seuls se réjouissent. — Encore non; vous

les dégoûtez, si habitués qu'ils soient à vivre de
vos vices.

Qu'il sera bon de voir aux ans que j'appelle, les
Jacques selon mon cœur, frais, joyeux, dispos, re-
prendre chaque lundi le chemin du labeur...

J'y suis déjà mon compère; il se peut que je
rêve; laisse-moi rêver. Cela me console de l'abais-
sement volontaire où croupissent encore les sou-
verains du jour...

Les petites dettes sont payées, les menues provisions sont faites, le linge est en bon état, la
maison propre, le jardin paré, il y a quelque part
une somme mise en réserve pour l'imprévu.

Hier la journée s'est passée à contenter les enfants, elle leur a été consacrée tout entière, car le dimanche est à eux surtout.

Ils s'en sont donné à plein cœur... Jeux, chants et danses ont duré jusqu'aux baisers du soir. Les doux agneaux, fatigués de joie, n'ont cédé qu'au sommeil.

Leur nuit, éclairée de songes délicieux, n'a été qu'un long sourire... Ils seront sages toute la semaine pour mériter un pareil dimanche qui leur a été promis.

Les mères n'ont pas été moins heureuses; elles ont senti leur âme s'épanouir au bonheur des enfants. Elles s'étaient réunies pour échanger de franches causeries, de gais propos. Causeries et propos sont devenus un concert d'actions de grâces...

Les époux tout près d'elles devisaient plus gravement...

Les heures légères et rapides se sont envolées, emportant avec elles soucis et fatigues.

Que j'en aurais long à dire encore et qu'il y a loin des images que ma tendresse évoque, aux ignobles, aux épouvantables réalités de la barrière.

J'en connais qui s'en vont prêchant par les cabarets.

Ils disent entre deux tournées :

Le travailleur est l'esclave du capital...

Les héritages sont la cause principale de nos misères...

Trop de riches font trop de pauvres... Il y en a qui sont jeunes et qui se reposent quand les vieux s'échinent... Il y en a qui vont mourir des excès de table, quand tant d'autres crèvent de faim...

La terre est à tous, les instruments sont à nous, tout patron est un fainéant...

Cela ne peut pas durer ainsi, avisons pour mettre ordre à ces infamies.....

Tant que le peuple se laissera tondre sans crier, sans se défendre, sans casser une bonne fois la tête des tondeurs, le monde ira tout de travers, l'égalité ne sera qu'une jonglerie écrite pour amuser les nigauds et contenter les poltrons...

Heureusement, l'heure du peuple est proche. Elle viendra, elle vient, elle est venue. Aux armes citoyens!

Or çà, mes Jacques, empoignez-moi au collet un de ces hurleurs, sans-culotte attardé, conduisez-le de vive force à l'atelier de son état — s'il en a un, ce dont je doute — tenez-le huit jours les yeux sur la besogne; vous verrez quelle belle figure il y fera.

Le peuple! J'ai beau me retourner de tous les côtés, moi, je le vois respecté, caressé, encensé — grisé — car, hélas! il a des courtisans et des parasites depuis qu'il est souverain.

On ne s'occupe que de lui, on ne pense qu'à lui... on n'organise que pour lui, on ne prévoit que pour lui... on ne jure que par lui. De bonne foi, on le gâte.

Que lui manque-t-il donc?

L'argent des riches; mais s'il l'avait, il ne serait plus le peuple.

Les années n'ont que trois cent soixante-cinq jours pour tout le monde et la brièveté de la vie ne permet pas d'user des richesses si ardemment convoitées et si tristement obtenues parfois.

C'est quasi imprudence aux Jacques que souhaiter la fortune :

Pour en faire un bel emploi, il faut tant de vertus, qu'on doit se réjouir de se sentir les mains vides.

Elle pousse à tant de vices que souvent elle dégrade les heureux, tout aussi vite que la misère abrutit les malheureux.

Il y a des remèdes d'ailleurs contre la misère; je n'en connais pas contre la richesse.

Tout plaisir qu'elle donne, répond à un besoin que sa victime a dû se créer; au bout des complaisances qu'elle permet envers les penchants mauvais arrivent la satiété et l'impuissance.

Cependant, oui, l'heure du peuple est venue.

Ce sera la gloire de nôtre siècle de l'avoir entendue sonner cette heure...

Bienheureux vous serez, mes Jacques, vous et votre lignée, jusqu'à la plus lointaine génération si vous secondez résolument l'œuvre qu'elle voit commencer.

Désormais, quiconque parmi vous est d'un métier, quiconque le sait bien et s'y perfectionne chaque jour est assuré de vivre libre, lui et les siens.

Le capital tant attaqué n'a pas moins besoin du travail que le travail n'a besoin du capital. Ils ne peuvent rien l'un sans l'autre.

Il n'y a point, comme on l'a écrit, rivalité entre eux. Ils se querellent souvent; mais sous peine d'inertie, ils arrivent nécessairement à s'entendre, et quand il le veut bien le travail est toujours le plus fort. J'entends le travail intelligent, élevé à toute la perfection qu'il lui est donné d'atteindre.

Créez d'ailleurs le capital.

Vous le pouvez. Il suffira de supprimer chez vous les besoins factices que notre civilisation outrée vous permet de satisfaire.

Cessez seulement de fumer, cessez de boire sans soif ; vous verrez qu'au bout de l'an, si dix, si vingt, si deux cents ont fait comme vous, vous aurez en caisse de quoi commencer votre affranchissement.

L'épargne et l'association sont deux puissances auxquelles rien ne saurait résister longtemps.

Craignez-vous de vous user vite ? Le souci de vos derniers jours trouble-t-il vos veilles ? Allez aux caisses de retraites pour la vieillesse.

Vous redoutez le mariage, parce que dans

votre profession les jours du plus prudent sont continuellement en péril, ayez recours aux assurances sur la vie.

Contre la maladie, en attendant que cela vous serve contre le chômage par force majeure, vous avez les sociétés de secours mutuels.

L'approvisionnement d'un ménage d'ouvriers est ruineux; les denrées avant d'arriver en vos mains supportent un prélèvement au profit des tiers qui vous les livrent : contre cette plus-value, qui vous écrase, voilà que s'organisent les sociétés coopératives.

Elles ne s'arrêteront pas à ce bienfait. Le dernier terme de l'allègement qu'elles promettent, de la force qu'elles recèlent, est encore un problème pour ceux qui les étudient à votre intention et qui les préconisent.

Salut à la solidarité! cette jeune sœur de la

charité; ou plutôt la charité elle-même dans sa nouvelle incarnation.

A vous, les Jacques, de l'aider à prendre possession du monde.

Courez à elle, sous quelque costume qu'elle se présente, soyez ses plus fervents apôtres.

Chantez ses louanges partout et à tous.

Pour l'heure présente au moins, elle me paraît le port. Elle centuplera vos ressources, elle amortira les rivalités, elle étouffera les haines, elle tuera la guerre.

Vous donnez aujourd'hui les couronnes; faites une reine respectée et loyalement servie de cette fille du ciel!

Soyez demain les hommes que je vous ai tant conjurés de devenir : sobres en tous vos appétits, ignorés sans envie, pauvres sans male honte, heureux d'un labeur utile et régulier, reconnaissants envers la nature qui vous livre ses dons sans regarder ou l'habit, ou la bourse, curieux de ce qui élargit l'esprit, ennoblit le cœur, élève l'âme; et vous serez dignes du siècle prêt à naître.

Il naîtra, mes Jacques, conforme à la volonté de Dieu.

Alors Dieu, vous voyant ainsi plus rapprochés de sa perfection, se réjouira enfin dans son œuvre.

A propos de Dieu, compère, la bonté, la beauté, la splendeur infinies, je n'ai rien dit à nos Jacques de son culte sur la terre...

Malgré ma vieillesse, je me sens trop pauvre clerc pour toucher à ces choses de la foi. La théologie n'est pas mon fait. Conseille la tolérance et remets le reste aux ministres qui ont autorité pour parler au nom de la religion. Ils nous sauront gré de notre réserve.

Il n'y a point deux morales, il y a plusieurs religions.

1864.

PARIS. — E. DE SOYE ET FILS, IMPRIMEURS, 18, RUE DES FOSSÉS-SAINT-JACQUES.

Paris. — E. de Soye et fils, imp., rue des Fossés-Saint-Jacques, 18.

www.ingramcontent.com/pod-product-compliance
Ingram Content Group UK Ltd.
Pitfield, Milton Keynes, MK11 3LW, UK
UKHW020834120726
13693UKWH00002B/644